後宮炎恋伝
～鳳凰と偽りの侍従～

CROSS NOVELS

櫛野ゆい
NOVEL: Yui Kushino

沖 麻実也
ILLUST: Mamiya Oki

CROSS NOVELS

contents

CROSS NOVELS

後宮炎恋伝 ～鳳凰と偽りの侍従～

朱塗りの回廊を抜けると、そこには美しい御殿がそびえ立っていた。

精緻《せいち》な龍の装飾が施された巨大な柱に、金箔《きんぱく》で彩られた透かし彫りの扉。広大な庭にはそこかしこに梅や木蓮《もくれん》が咲き乱れ、枝垂れ柳の揺れる蓮池にはゆるやかな弧を描く大きな橋がかかっている。

木々の間を飛び交う小鳥の囀《さえず》りと共に、どこからともなく聞こえてくる管弦の音。高い空にたなびく青雲——。

今まで見てきた様々な貴族の邸宅とはまるで規模の違う、天上と見紛うばかりの壮麗な宮殿を前に、朱夏《しゅか》は思わず足をとめ、目を丸くして呟いた。

「なんだここ……」

「こら、遅れるんじゃない」

朱夏の前を歩いていた上役が、振り返って注意してくる。朱夏は慌てて小走りに駆け寄って謝った。

「すみません！」

「まあ、気持ちは分からんでもないがな。だが、これからは毎日この鳳凰宮《ほうおうきゅう》で働くんだ。早く慣れろよ」

新人が宮殿に見とれるなど、よくあることなのだろう。慣れた様子で肩をすくめた上役が、再び歩き始める。

お仕着せの真っ白な漢服に身を包んだ朱夏はハイと神妙に頷き、上役の後に続いた。

この鳳凰宮は、ここ辛国《しんこく》を治める皇帝の居城の一角にある。一角といえどその敷地は広大で、幾つかの宮から成っており、それぞれの宮には皇帝の正室や側室たちが住んでいる。つまり、後宮だ。

朱夏は今日から、この後宮に下働きとして勤めることになっている。とはいえ、宦官《かんがん》としてではない。

というのも、辛国の今上《きんじょう》帝は女性であり、皇帝のそばに仕える官女を除くと、後宮には男子しかいないのだ。そのため宦官の数は少なく、大半は行儀見習いという名目で、あわよくば皇帝の目にとまって出世しようと目論む貴族の子弟か、食い扶持を減らすために働きに出された下級官吏の次男坊以下だ。

朱夏も典型的な後者である。――表向きは。

十八歳の朱夏は、とある下級官吏の三男としてこの後宮に働きに来た。小柄で細身だが、いたって健康で、一通りの読み書きはできるし、腕っ節にもそこそこ自信がある。

朱夏の少し癖のある赤茶の髪は、西方出身の父譲りだ。琥珀《こはく》の瞳や小さめの鼻、ふっくらとした唇はどこか少女めいており、近所で評判の美女だった母に似ているとよく言われていた。

だが、その両親とは幼い頃に死別している。亡くなった父は商人だったし、朱夏に兄弟はいない。

朱夏が素性を偽ってこの後宮に来た理由、それは――。

「……っと、おい、庭に下りろ！」

と、その時、シャララ、と涼やかな鈴の音がしたかと思うと、上役が慌てふためいて回廊から庭へと飛び降りる。驚きながらも彼に倣《なら》って庭に下りた朱夏は、こちらへ向かって歩いてくる一団に気づいて目を瞠《みは》った。

「あれって、まさか……」

「こら、陛下の御前だぞ！」

抑えた声で上役に叱責され、慌てて拱手《きょうしゅ》して目を伏せる。

（皇帝が、目の前に……！）

国を統べる皇帝だなんて、庶民にとっては雲上も上の存在だ。

本当に存在するんだ、と感嘆の思いすら抱いた朱夏は、シャララ、と近づく鈴の音に膨れ上がる好奇心を抑えきれず、こっそり視線を上げて様子を窺《うかが》った。

――回廊の向こうから歩いてくるのは、なんとも雅やかな一団だった。先触れの鈴を捧げ持った官女を先頭に、涼やかな若い武官が二人、護衛を兼ねて先導している。

その後に続くのが、おそらく燕麗帝《えんれいてい》だろう。年齢は四十代前半くらいだろうか。ふくよかな美女で、豪奢《ごうしゃ》な刺繍《ししゅう》の施された衣装を身に纏《まと》っている。精緻な細工の冠は黄金で、気品高く結い上げられた黒髪には紅玉《こうぎょく》が幾つも揺れていた。

おっとりとやわらかな雰囲気の燕麗帝の後ろには十数人の官女が続いており、彼女たちの幾人かは武装している様子だった。

(あの人が、皇帝陛下……)

確か燕麗帝は、元は先々代の皇帝の側室だったという話だ。だが、皇帝との間に子はなく、しかも辛国の歴代の皇帝はほとんどが男性だ。かつての後宮の花が、一体どういう経緯で皇帝の座に昇りつめたのだろうか。

(……まあ、オレには関係ないけど)

一瞬気になった朱夏だったが、すぐにそう思い直す。

皇帝がどんな人だろうが、朱夏たち庶民の暮らしが変わるわけではない。いつだって庶民は搾取《さくしゅ》されるばかりで、貴族はそんな庶民の苦しみも顧みず、贅沢し放題なのだから——。

朱夏がふっと視線を下げかけた、その時だった。

「陛下」

皇帝の一団の後ろから、若い男の声が上がる。

チラ、とそちらに視線を走らせた朱夏は、思わず小さく息を呑《の》んだ。

——その男は、随分と長身の美丈夫だった。

朱夏より十歳ほど年上だろうか。鮮やかな緋色の衣に身を包み、簡素な白布で黒髪をまとめている。白布の端は髪と共に長く垂らされており、額には前髪が幾筋かはらりと落ちていた。

目の覚めるような美貌《びぼう》はすっきり整っていて男らしく、意思の強そうな眉の下で黒々とした切れ長の目が輝いている。唇の薄い大きな口は快活な笑みを浮かべていて、誰とでもすぐ打ち解けてしまいそうな、人好きする雰囲気の持ち主だった。

（宦官……？　いや、武官か？）

随分な美男で驚いたが、健康的な小麦色の肌はおよそ宦官らしくなく、かといって広い背を覆う長い髪や衣装は武官の出で立ちとも異なる。だが、恵まれた体軀をしているし、長い手足を持て余している様子もないから、おそらく武術の心得はあるのだろう。

皇帝に直接声をかけて咎《とが》められないところを見るに、かなり高い身分の貴族なのだろうが、それにしては装飾品の一つも身につけていないのも不思議だ。

一体どういう人物なのだろうと思っていると、侍女たちがサッと左右に分かれて道を開けた。心なしかそわそわしている様子の侍女たちには構わず、男が燕麗帝に歩み寄る。

「こちらにおいででしたか。随分探しました」

低く通りのいい声は、からりとよく晴れた日の陽光のようだ。屈託のない笑みを向けられた燕麗帝が、目を細めて微笑んだ。

「武炎《ぶえん》。なにか用でしたか？」

穏やかな声で問いかけた燕麗帝に、武炎と呼ばれた男が拱手して答える。

「北の異民族より、使者が参りました。婚儀の件、どうか今一度お考え直しをと」

「そう。これで何度目になりますか？」

「五度目です。……そろそろ頃合いかと」

ニッと笑みを浮かべた武炎に、燕麗帝がにっこりと柔和に微笑んだ。

「そうですね。では、そろそろ側室としてお迎えして、同盟を結んで差し上げましょう。委細頼みますよ、武炎」

「は、お任せを」

よく似た表情で笑みを交わす二人を、朱夏はぽかんと見つめていた。

（なんだ？　婚儀？　同盟って……）

　詳しいことは分からないが、どうも会話から察するに、北の異民族が燕麗帝に幾度も婚儀を申し入れていて、二人はその承諾を意図的に延ばしていたらしい。おそらく同盟を結ぶ際に有利になるようにという政治的な駆け引きなのだろうが、庶民の朱夏には理解し難い世界だ。

（っていうか、結局この人は何者なんだろう）

　皇帝の婚儀という政治的に重要な話を任されるなんて、もしかして彼は宰相なのだろうか。

　それにしては若すぎる気がするが、と思いつつ見つめていた朱夏だが、その時ふと、武炎の視線がこちらに向けられる。

「……っ」

　ばっちり目が合ってしまった朱夏は、慌てて視線を伏せて拱手した手を心持ち高く掲げた。ドキドキと早鐘を打つ鼓動を誤魔化すように、ぎゅっと拳を握りしめる。

（な……、なんだ、今の……）

　一瞬のことだったが、まるで猛禽《もうきん》に睨まれたかのような錯覚を抱いた。

　高い天空から地上の隅々を見渡し、かすかな脅威も決して見逃さない、油断のない強い眼差し。

　緋色の衣を纏ったその姿は、まるで伝説の霊鳥、鳳凰《ほうおう》のようで――。

（まだ見てる……）

　額の辺りに武炎の強い視線を感じ、緊張に固唾《かたず》を呑んだ朱夏だったが、ややあって燕麗帝の声が聞こえてくる。

「ああ、それと武炎、今度の祭祀《さいし》ですが……」

「……はい」

　ふっと視線が外れる気配がして、朱夏はほっと肩の力を抜いた。

　どうやらそのまま話しながら歩き出したらしい。先触れの鈴の音と共に、二人の声がじょじょに遠ざかっていく。

侍女たちの気配がなくなってから、朱夏の隣の上役がようやく顔を上げた。

「ああ、驚いた。こんな時間に陛下がこちらにお見えとは、お珍しいこともあるものだ」

「あの、先ほど陛下と一緒にいた方は……」

結局あの武炎は何者なのか。気になって問いかけた朱夏に、上役が言う。

「武炎様のことか？　あの方は陛下のご正室様だ」

「えっ、正室⁉」

「馬鹿、声が大きい」

上役に注意された朱夏は、慌てて謝った。

「も、申し訳ありません。その……、随分年の差があるみたいだったので、驚いてしまって……」

正室にはとても見えなかったと言うのはさすがに憚《はばか》られて、適当に言葉を濁す。すると上役は肩をすくめて、思いがけないことを告げた。

「そりゃそうだ。なんたって、お二人は親子だからな」

「は⁉」

一瞬なにを言われたか分からず、朱夏はまた大声を上げてしまう。おい、と上役に睨まれた朱夏は、急いで謝った。

「すみません……！　いや、でも親子って？」

聞き間違いだろうか。しかし今確かに、親子だと言っていた。

（燕麗帝は先々代の皇帝との間に子供はいないって聞いたけど……）

まさか隠し子なのだろうか。それにしては堂々としていたし、後ろめたそうな雰囲気もなかったがと思い返していると、上役が呆れたように言う。

「なんだ、お前そんなことも知らずにこの鳳凰宮に来たのか？　武炎様は、燕麗様の前のご伴侶とのお子様だ。燕麗様は、先々代の皇帝陛下の後宮に入られる前に、ご伴侶と死別されていらっしゃるんだ」

「そうなんですか……。あの、でもどうして武炎様が陛下のご正室に？」

あの美丈夫が燕麗帝の実の息子だということは分かったが、何故彼が正室に据えられているのか。どう考えても息子が夫なんて変だと戸惑う朱夏に、上役は肩をすくめて告げた。

「そもそも燕麗様は、新たに伴侶を持つおつもりはなかったんだ。外戚が力を持つと国が乱れるからな。実際、今いる側室様方も政治上のご結婚相手ばかりで、陛下の私室に招かれた方は一人もいらっしゃらない。だが、ご正室がいないと外交上なにかと都合が悪いし、後宮を取り仕切るお方が必要だ。そこで、ずっと離れて暮らしていた武炎様をお呼びになり、肩書きだけ正室とされたんだ。燕麗様は後宮に入られる際に、武炎様と親子の縁を切ってご親戚に預けていらっしゃったらしい」

つまり正室とはいっても、実際にあの二人は夫婦ではなく、あくまでも名目上のことらしい。

遠ざかる皇帝一行を見やって、朱夏は唸《うな》った。

「道理で雰囲気が似てると思った……」

「初日からお二人が近くを通るなんて、お前は運がいいぞ。これを励みに、しっかり働けよ」

上機嫌で言った上役が、バンバンと朱夏の背を叩いて歩き出す。痛いと呻《うめ》きながら、朱夏はもう一度皇帝一行の後ろ姿を見つめた。

どんな人間が皇帝だろうと、自分には関係ない。

貴族は、嫌いだ。

だから、あの二人がどうなろうと知ったことではない――。

「おい、早く来ないか」

「っ、はい！」

回廊に戻った上役に呼ばれて、朱夏は慌てて身を翻《ひるがえ》した。

チリンとかすかに、遠くなった先触れの鈴の音が聞こえた気がした――……。

朱夏が素性を隠して後宮に入ることになったのは、一週間前の出来事がきっかけだった。

その夜、朱夏はある貴族の屋敷に密かに忍び込んでいた。

闇に紛れるよう黒い衣を身に纏い、顔の下半分も黒布で覆った朱夏の目的は、ただ一つ。

金目のものを盗むことである。

(……よし、誰もいないな)

首尾よく宝飾品を盗んだ朱夏は、迷うことなく裏口に向かい、そっと辺りの様子を窺った。

屋敷の者たちは皆寝静まっているのだろう。主人の寝室からも、下人たちの大部屋からも遠いこの裏口からなら、誰にも見つからずに抜け出せそうだ。

朱夏はもう一度人の気配がしないことを確認してから、用意していた縄で外壁をよじ登った。

——朱夏が貴族の屋敷に盗みに入るようになったのは、一年ほど前からだ。


盗みといっても私利私欲のためではない。盗んだ品物は金に換え、すべて貧民や孤児に配っている、いわゆる義賊だ。

朱夏が義賊を始めた理由。それは、貴族への復讐心からだ。

そもそも朱夏は、都でそれなりに名の知れた商家の一人息子として生まれた。幼い頃はなに不自由のない生活を送っており、優しい両親に大切に育てられた朱夏は、自分は父の跡を継いで立派な商人になるのだと思っていた。

だが、朱夏が八歳の頃、父の商売が急に傾き出した。当時代替わりしたばかりの皇帝が課した重税のせいで、それまで父と親交のあった貴族たちは一斉に手のひらを返し、父を助けてくれる者は誰もいなかった。

絶望した父は毒を呷《あお》って自ら命を断ち、朱夏と母はそれまで住んでいた屋敷を追われた。

嫁入り道具を売ってどうにか父の葬儀を上げた

母は、それから内職や慣れない畑仕事を必死にこなして朱夏を育ててくれた。朱夏も幼いなりに母を支え、貧しいながらも小さな幸せを積み重ねて、どうにか二人で生きていた。

だがそんな折、ある貴族が母に一目惚れし、強引に求婚してきた。母が断ると、貴族は腹いせに様々な嫌がらせをし始めた。畑を荒らし、家を壊し、謂れのない悪評を立て――。

母は心労から体を壊し、あっという間に亡くなってしまった。

朱夏が十歳の、冬だった。

(……貴族は、嫌いだ)

外壁の上まで登った朱夏は、膝をついてふうと息をつくと、後ろを振り返った。庶民の家とはまるで違う、立派な造りの屋敷を見て、ぐっと眼差しを険しくする。

――朱夏がこの屋敷の構造に詳しいのは、設計図を見たからだ。

十歳で母を亡くした後、空腹で行き倒れていた朱夏を拾ってくれたのは、親切な大工の夫婦だった。子供のいない夫婦は、身寄りのない朱夏を引き取り、我が子のように育ててくれた。

成長した朱夏は、少しでも二人に恩返しがしたくて、棟梁《とうりょう》である養父の仕事を手伝い始めた。そして一年前、養父が手がけた貴族の家々の設計図を見て――、閃《ひらめ》いてしまったのだ。

この設計図があれば、貴族の屋敷に容易に忍び込めるのではないか、と。

最初に盗みに入ったのは、ほんの出来心からだった。大嫌いな貴族に、一泡吹かせてやりたい。ついでに小遣い稼ぎができたら一石二鳥だ、それくらいの軽い気持ちだった。だが、想像より遥かに簡単に金品を盗み出せてしまい、怖くなった。

自分がやったことは、養父母から受けた恩を仇で返すようなものだ。

それに、いくら貴族が憎くても盗みは罪だ――。

我に返った朱夏は、盗み出した金品を孤児院の戸口に置き去りにした。せめてかつての自分と同じ境遇の子供の役に立てたら、少しは罪の意識が軽くなる気がすると、そう思って。だが、それがいけなかった。

その孤児院は重病の子供たちを預かっている施設だったらしく、朱夏が置き去りにした金品で子供の命が助かったことを知ってしまったのだ。そして、高額な薬代を支払えないせいで命の危機に瀕している子供が、まだたくさんいることを——。

自分が盗みに手を染めれば、子供の命が助かる。

その事実に、朱夏は幾夜も悩んだ。だがその間にも、孤児院の子供の容態が悪化したなどという噂《うわさ》が耳に入ってくる。

高価な薬さえ買えれば、助かる命がある。貴族の子供なら簡単に与えてもらえる薬が、あの子供たちにはどうして与えられないのか。

生まれのせいで命が選別されるなど、あっていいはずがないのに。

幾度も、幾度も思い悩んだ末、朱夏は結局、義賊を続ける道を選んだ。自分にできることがあると知ってしまった以上、重病の子供たちを見捨てるなどどうしてもできなかったのだ。

（養父さん、養母さん、……ごめん）

胸の内で育ての両親に謝りつつ、朱夏は懐にしまった盗品をそっと衣の上から押さえた。

自分で決めたとはいえ、養父母を裏切っているという申し訳なさはずっとついて回っている。

だから朱夏は盗みに入る前に、その貴族がどんな人物か必ず調べることにしていた。大切な人たちに迷惑をかける以上、筋の通らないことはしたくなかったのだ。

だが、朱夏の調べる限り、どの貴族も私腹を肥やし、贅沢をしている者ばかりで、盗みに入るのを躊躇《ちゅうちょ》するような善人はごくわずかだった。

もちろん、いくら相手が悪人でも、盗みは罪だ。

自分の懐に一銭も入れていないなんて、そんな言い訳が通るはずはない。捕まったら養父母に迷惑がかかるし、悲しませてしまうだろう。

それでも、病に苦しんでいる子供たちを今更見捨てることはできない。今自分が盗みをやめてしまったら、助かるはずの命が失われてしまうのだ。

だから、罪に問われると分かっていても、盗みをやめるわけにはいかない。

自分にできることは、これしかないのだから。

「……っ」

（……別に、オレが少し盗んだところで、貴族にはたいした痛手じゃない。オレはただ、余っているところからもらって、人助けに回してるだけだ）

自分でもそれが苦しい言い訳だということは分かっていながらも、朱夏は罪悪感に無理矢理蓋をして、壁の上から飛び降りた。タッと地面に着地し、ようやくほっと肩の力を抜こうとして――、ぎくりと身を強ばらせる。


――月明かりに照らされた薄暗い路地に、一人の男が立っていたのだ。

その男は、朱夏と同じような黒い衣装を身につけ、顔を不気味な猿の面で覆っていた。背格好からかろうじて若そうな男だと分かるが、それ以外はなにも分からない。

（見回りの役人？　いや、こんな格好の役人なんていない……）

役人ならわざわざ面で顔を隠す必要はないし、すぐに朱夏を怪しんで捕らえようとするだろう。しかし男は、じっとこちらを見つめるばかりで、なにも仕掛けてくる気配がない。

こんな夜更けにこんな格好をしているということは、どちらかといえば同業者の類いだろう。

（だとしたら、このまま見逃してくれるかもしれない……）

少し警戒を解いて、朱夏は男の方を向いたまま、じり、と一歩後ろに下がった。と、次の瞬間。

「っ！」

　身を屈めた男が、ダッと一瞬で距離を詰めてくる。咄嗟に身をのけぞらせた朱夏の目の前で、男の蹴りが空を切った。

「……案外勘がいいな」

　くぐもった声で呟いた男に、朱夏はくっと眉根を寄せた。後ろに跳びすさって距離を取り、腰に帯びていた短剣を引き抜いて、男に突きつける。

（こいつ、強い……！）

　武術をたしなんでいる養父の影響で、朱夏も多少は腕に覚えがある。だがそれは、あくまでも体を鍛え、身を護るためのものだ。

　目の前の男は、朱夏とは違い、明らかに他者を攻撃する術《すべ》に長《た》け、制圧することに慣れていた。

（……逃げるしかない）

　男がどうして突然攻撃してきたのか、どういう意図があるのかは分からないが、こんな相手とまともに戦っても勝ち目はない。じりじりと距離を取りつつ、逃げの態勢に入った朱夏だったが、猿面の男がそれに気づかないはずがない。

「まあ待てよ。お前に話があるんだ。……朱夏」

「……！」

　驚きに大きく目を瞠った朱夏の不意をついて、男が素早く間合いを詰める。男に手刀を入れられ、短刀を取り落とした朱夏は、慌てた隙に足払いをかけられ、その場に倒れ込んだ。

「うあッ！」

　ドッと倒れた朱夏の背に馬乗りになった男が、朱夏の両手首を摑《つか》んで拘束する。朱夏は痛みに呻きつつ、どうにか男を振り落とそうと懸命に暴れた。

「放せ……！　放せよ！」

「おっと。大人しくしろって」

　じゃないと危ないぜ、と薄く笑った男が、朱夏の目の前に匕首《あいくち》を突きつけてくる。精緻な龍の細工が施された匕首を睨んで、朱夏は唸った。

「お前……っ、なんでオレの名を……！」

「名前だけじゃないぜ？　お前が大工夫婦に育てられたことも、その養父の設計図を見てあちこちの貴族の屋敷に忍び込んでることも、調べはついてる」

「……っ」

どうやら男は、最初から自分に接触することが目的で、ここで待ち構えていたらしい。朱夏は悔しさに唇を噛んで、背中越しに男を睨みつけた。

「オレになんの用だ……！」

先ほど男は、自分に話があると言っていた。話なんて聞きたくもないが、相手に正体を知られている以上、下手な真似はできない。

精一杯睨みを利かせて唸った朱夏に、男が肩をすくめて言う。

「まあ、そう噛みつくなよ。お前に一つ、頼みたい仕事があるんだ」

「…………」

こんな脅しのような真似をしてやらせようとしている仕事など、ろくなものではないに違いない。

黙り込んだ朱夏に構わず、猿面の男は歌うように楽しげな声で告げた。

「なに、盗人のお前にお誂《あつら》え向きな仕事だ。後宮に忍び込んで、玉璽《ぎょくじ》を盗み出してこい」

「は……？」

あまりにも突飛な言葉に、朱夏はぽかんと男を見上げる。

月明かりに照らされた不気味な猿面が、ニヤリと笑っているような気がした――。


適当な長さに切った竹に切り込みを入れ、余り布を挟み込む。その上からくるくると紐を巻き付け、ぎゅっと縛って固定した朱夏は、二、三振りして具合を確かめ、よしと頷いた。

「いっちょ出来上がり！」

隣で朱夏の手元を見ていた雷雷《らいらい》が、感嘆の声を上げる。

「はー、本当に器用だな、朱夏は。売り物と変わらないじゃないか」

「こんないい布のハタキなんて、町じゃ売ってないけどな」

苦笑しつつ、朱夏は完成したばかりのハタキを雷雷に手渡す。

ハタキに使ったこの布は、元は壁にかけられていた飾り布で、入れ替えのために捨てられそうになっていたのを、勿体ないからともらってきたものだ。大工仕事の際、手入れ道具をよく自分で作っていた朱夏は、この日、休憩時間を利用して中庭に集めた材料を広げ、長い柄をつけた雑巾やハタキなど様々な掃除道具を作っていた。

すでにいくつか完成しており、少し離れたところでは仕事中の仲間が朱夏の作った道具を使って、さっそく掃除をしている。

朱夏が後宮に勤め始めて、二週間が経った。

最初の頃は鳳凰宮の壮麗さに圧倒されっぱなしの朱夏だったが、今では下働き仲間とも親しくなり、掃除や洗濯に忙しい毎日を送っている。

雷雷は最初に話しかけてきてくれた友達で、朱夏より少し前から後宮に勤めているらしい。同い年の彼と意気投合した朱夏は、なにかというと彼と組んで仕事をするようになっていた。

あの日、朱夏に玉璽を盗んでくるよう命じた猿面の男は、そんなの無理だとどうにか断ろうとする朱夏には取り合わず、ある下級役人の元に向かった。そして朱夏にその役人の養子になるよう命じ、一週間で役人から後宮での立ち居振る舞いを学ぶよう言い渡して去っていったのだ。

逃げたり誰かに話したりすれば、朱夏の本当の養父母である大工夫婦がどうなるか、分かっているだろうなと念押しをして。

（なんでこんな厄介なことになったんだ……）

　着の身着のまま連れていかれた朱夏は、結局養父母に会うことはおろか、手紙で無事を知らせることもできていない。きっと心配しているだろうと思うと申し訳なかったが、それでも恩ある両親を危険に晒《さら》すような真似はできず、ただその身を案じることしかできなかった。

（こっちの素性も知られてるし、なにより多分、黒幕はオレみたいな庶民が敵う相手じゃない）

　朱夏を役人の養子にしたのは、後宮に送り込むためだ。

　かつて幾百もの側室がいた時代は、何千人もの官女や宦官が後宮に勤めていた。

　その頃は平民の少女たちも下働きとして後宮に勤めていたようだが、今上帝の鳳凰宮は随分と規模が小さく、下働きであっても貴族や役人の子息たちばかりだ。そのため、わざわざ朱夏を役人の養子にしたのだろう。だが、容易に偽の養父母を用意するなんて、相当な権力者でなければできるはずがない。

（あの猿面の男は多分、その権力者の手先だ。黒幕は他にいる……）

　朱夏の身柄を引き取った下級役人は、猿面の男にも恭しい態度で接していたが、黒幕が自ら動くとは思えない。玉璽を狙っていることからも、皇帝に叛意《はんい》を抱く奸臣《かんしん》が黒幕なのだろう。

　――玉璽とは、辛国に伝わる皇帝の印章だ。

　初代の皇帝が霊鳥の巣から見つけた宝玉で作られたという伝承があり、旧《ふる》くから天命の証しとされている。それ故に、辛国の帝位は基本的に世襲制ではあるものの、玉璽を持つ者こそが天が定めた統治者であるという考えが根強い。

　そのため、辛国では長い歴史の中で、玉璽を巡る争いが度々起きている。実際、玉璽を手にした者が皇帝の座についたこともあり、代々の皇帝は玉璽の隠し場所を誰にも明かさないのが普通だ。

その玉璽が、この後宮にある――。

（っていっても、後宮のどこにあるかはオレが探らなきゃならないんだけど）

小さくため息をついて、朱夏は回廊に続く階段に腰かけ、ぼんやりと中庭を見渡した。宮には各所に警備の兵が配置されており、今も近くで任務交代の引き継ぎを行っていた。

下級役人の元で一週間過ごした後、朱夏の前に再び現れた猿面の男は、改めて朱夏に玉璽を盗んでこいと命じた。

玉璽が後宮にあることは分かっているが、それがどこかまでは分からない。下働きとして潜り込み、在り処を探って三ヶ月以内に盗んでこい、と。

だが、昼夜を問わず警備の兵がうろうろしているこの後宮で、国家最大の秘密と言っても過言ではない玉璽の在り処を突きとめ、盗み出すなんて、そう簡単にできるわけがない。

おまけに朱夏のような下働きは、鳳凰宮のごく一部にしか出入りを許されていない。奥の宮に続く回廊は厚い扉で閉ざされており、扉の前には常に見張りの兵士が立っていて、許可のない者は通れないようになっていた。

（多分、玉璽があるのはあの扉の奥の宮のどこかだ。まずはあの奥に入る許可を、どうにかしてもぎ取らないと……）

長年後宮に勤め、信頼を得て昇進しているならともかく、朱夏のような新人にそんな許可が容易に下りるとは思えない。だが、いくら無謀でも、やらなければ養父母の身が危ない。

なにせ相手は、玉璽を狙うような権力者だ。それが誰かなんて見当もつかないし、知らない方が身のためだろうから探るつもりもない。だが、自分が拒んだり失敗したりすれば、あの猿面の男は自分だけでなく、養父母も手にかける可能性が高い。

自分が今まで生きてこられたのは、育ててくれた養父母のおかげだ。隠れて義賊をやっていた身で言えた義理ではないが、それでも自分のせいで養父母の身を危険に晒すなんて、絶対にあってはならない。

（オレはどうなったって構わないけど、義父さんと義母さんのことだけは、なにがあっても護らないと……）

そのためにはまず、広く情報を集めなければならない。

朱夏は警備の兵士から視線を外すと、先ほどのハタキで早速欄干《らんかん》を掃除している雷雷にそれとなく聞いてみた。

「なあ、雷雷。後宮っていつもこんなに警備が厳しいのか？　そりゃ皇帝陛下のご正室やご側室がいるとこだけど、でも男ばっかりだろ？」

かつてのように貴族の姫ばかりが集められているのならともかく、側室の中には武家出身の男性もいると聞く。ここまで厳重に警備する必要があるとは思えない。

もし一時的に警備が厳しくなっているのだとしたら、密かに奥の宮に忍び込む機会が巡ってくるかもと期待して聞いた朱夏に、雷雷が告げる。

「それが、実はお前が来る少し前に、刺客が送り込まれたらしくてさ」

「刺客⁉」

「馬鹿、声が大きい」

しーっとハタキを立てた雷雷にたしなめられて、朱夏は慌てて謝った。

「ごめんごめん、びっくりして。……それってやっぱり、皇帝陛下を狙って？」

「ああ。後宮には陛下のご寝所もあるからな。大事になる前に正室の武炎様が捕らえたらしいけど、それ以来警備が厳しくなってるんだよ」

「へー……」

暗殺術に長けた刺客を捕らえるなんて、あの美丈夫は相当腕が立つらしい。

(……でも、つい最近そんな事件があったなら、警備が手薄になるのなんてまだまだ先だろうな)

奥の宮に密かに忍び込むのは、諦めた方がよさそうだ。見つかって捕まりでもしたら、即罪人として牢に放り込まれてしまう。

それに、もし運良く忍び込めたとしても、闇雲に探してどうにかなるとは思えない。後宮はこれまで忍び込んできた貴族の邸宅とは比べものにならないほど広いし、第一今までのように設計図があるわけでもないのだ。

(確実に玉璽を盗み出すためには、隠し場所を特定した上で、何度か探りを入れて位置関係を摑んでから、侵入と逃走の経路を練らないと……)

それにはやはり、自由に奥の宮に出入りできるようになる必要がある。

猿面の男が言っていた三ヶ月という期限は、おそらく端午の節句である龍船節を見据えてのものだろう。

龍船節は辛国の伝統的な行事で、各地で祭りが開かれ、龍の装飾を施した船での競漕が行われる。雷雷からそれとなく聞いた話では、どうやらその際に玉璽を用いらなければならない儀式がある様子だった。

おそらく黒幕はその前に玉璽を奪い、燕麗帝の面子を潰そうという腹づもりなのだろう。

だが、たった三ヶ月でどうやって奥の宮に近づけばいいのか。

なにかいい手はないかと内心呻いている朱夏をよそに、雷雷が話を続ける。

「結局、その刺客は捕まった直後に自害したらしいけど。まあ十中八九、郭《かく》夫人の手の者だろうって噂だぜ」

「郭夫人って……、あの?」

名前を耳にするだけで嫌悪感が湧き起こって、朱夏は顔をしかめた。

郭夫人は、先帝の生母だ。先々帝の正室で、幼い息子に跡を継がせた後、自分は後見として実権を握った。

先々帝は質素倹約を旨とし、善政を敷いた賢帝だったが、郭夫人はそんな夫の政《まつりごと》にずっと不満を抱いていたらしい。夫の死後、政の中心となった彼女は、欲望のままに贅沢の限りを尽くし、自身に意見する者はことごとく粛清した。

郭夫人の横暴により、その数年後に幼帝が病死するまで、世の中は荒れに荒れた。庶民はより一層貧困に喘《あえ》ぐことになり、各地で一揆が頻発したのだ。

(父さんの商売が傾いたのも、郭夫人が商人に法外な重税を課したからだ)

庶民にとって郭夫人は悪女の代名詞だし、朱夏にとっては親の仇同然の相手である。

「まだ生きてたんだ……。てっきり処刑されたのかと思ってた」

つい辛辣《しんらつ》な口調になってしまった朱夏の肩を、まあまあと雷雷がなだめるように軽く叩きながら言う。

「仮にも先帝のご生母様だからな。そう簡単には罪に問えなかったらしいぜ。結局、帝陵《ていりょう》の墓守を命じられて宮廷からは追放されたけど、ほら、次の皇帝になったのが燕麗様だろう？　先々帝の正室だった郭夫人にとってみたら、側室だった燕麗様は格下の相手だったもんだから、妬み恨みをこじらせにこじらせて、代替わりして三年経った今もしつこく刺客を差し向けてるって噂だ」

今のところ証拠がなくてしょっぴけないらしいけどな、とハタキ片手に教えてくれた雷雷に、朱夏は首を傾げた。

「そういえば、なんで燕麗様が皇帝になったんだ？　先帝に跡継ぎがいなかったとしても、先々帝には子供がたくさんいたんじゃないのか？」

先々帝は、歴代の皇帝の中では比較的側室の数が少なかったらしいが、それでも皇帝は多くの子供を残すものだ。その子供たちはどうなったのだろうと不思議に思った朱夏だったが、雷雷は事もなげに言う。

「そもそも後宮じゃ、無事に生まれてくる子の方が少ないんだよ。皇帝の子を身ごもった側室は、大概周りの側室から嫌がらせされて体調を崩すからな。流産や死産は当たり前だし、運良く無事に生まれても、郭夫人が自分の産んだ息子以外を生かしておくはずがないだろ？」

「うわあ……」

あまりにも非人道的な郭夫人の振る舞いに、朱夏は引いてしまう。

「ま、それも証拠のない話らしいけどな」

怖いよなあ、とちっとも怖がっていなさそうにぼやいて、雷雷が続ける。

「でも、そのおかげで燕麗様が皇帝になられたってわけだ。燕麗様は、先々帝の時代から宰相様に助言なさっていたほどの才女だからな。この後宮も、燕麗様のおかげで存続が許されたんだ」

「存続？」

雷雷の言葉に、朱夏は首を傾げた。

通常、後宮は皇帝が代わると解体され、主立った側室や侍女、高位の宦官たちは皆、出家か殉死《じゅんし》を迫られる。

先代の皇帝はまだ幼かったから後宮はなかったはずだし、第一この後宮に集められている正室や側室たちは皆男性だ。今の燕麗帝のために作られたものではないのかと不思議に思った朱夏に、雷雷が肩をすくめて言う。

「知らないのか？　そもそもこの後宮は、先帝の頃に郭夫人が自分のために作ったんだ」

「……うわあ……」

再度呻いた朱夏に、だよなあ、と雷雷が頷く。

「大半は、無理矢理集められて辟易《へきえき》してたらしいけどな。燕麗様はそんな若者たちを不憫《ふびん》に思って、後宮をそのまま引き継ぐことにされたんだ。ま、郭夫人に阿《おもね》って甘い汁を啜《すす》ってた奴らは出家させられたみたいだけど。確かその詮議《せんぎ》を取り仕切ったのも武炎様って話だったな」

「へー、そうなんだ」

そういえば、初日に上役から聞いた中に、燕麗帝には再婚の意思がないという話があった。だからこそ息子を正室にしたり、郭夫人の作った後宮をそのまま引き継いだりしたのだろう。

北の異民族との婚儀も、政治的な駆け引きがあって成立した様子だったし、燕麗帝にとって結婚はあくまでも政治上の手段なのかもしれない。

「それにしても詳しいな、雷雷。後宮に来る前に勉強したのか?」

自分と同い年の彼が先帝の頃の話まで知っているなんてと少し驚いた朱夏だが、雷雷は苦笑して言った。

「この程度の話、わざわざ勉強しなくたって役人の子なら皆知ってるぜ。朱夏は養子だって言ってたけど、後宮に来る前に親から聞かされなかったのか?」

「あー、うん。まあな」

そこを突っ込まれると弱い。

詳しく聞かないでくれと内心焦った朱夏だったが、その時、回廊の向こうから数人が歩いてくる。

気づいた雷雷が、先頭を歩く男を見て、げっと顔をしかめた。

「ジャベール様だ」

聞き慣れない異国風の名前に、朱夏は戸惑って聞き返した。

「ジャ……、なに?」

「ジャベール様。側室の筆頭。いいからこっち下りてこい、朱夏」

雷雷に呼ばれた朱夏は、慌てて腰を上げて階段から下りた。階段の下で一行を待ち受ける雷雷に倣って拱手しつつ、チラッと目だけ上げて様子を窺う。

「それで、ジャベール様。今度行う茶会の日程ですが……」

取り巻きが話しかけているのは、随分華やかな美貌の青年だった。

年齢は二十代前半くらいだろうか。肌は抜けるように白く、やや灰色がかった翠色の目をしている。西洋風の衣装の上から豪奢な毛皮を羽織っており、癖の強い金髪を後ろで一つにまとめていた。指輪や髪留めなど、色とりどりの宝飾品で身を飾り立てており、陽の光がキランキラン反射して眩《まぶ》しいほどだ。

足元はよく見えないが、どうやら長靴《ちようか》らしく、彼が歩く度にゴッゴッと大きな音が上がる。足音に気づいた下働きたちが慌てて次々に居住まいを正し、拱手する様は、まるで皇帝の先触れの鈴の音のようだった。

（なんかすごいの来た）

雷雷も先ほど顔をしかめていたし、いかにも貴族然とした高飛車そうな雰囲気だ。きっと厄介な相手なのだろう。

不興を買わないように視線を下げ、何事もありませんようにと一行が通り過ぎるのを待とうとした朱夏だったが、どうやらその願いは天に届かなかったらしい。

「……それは？」

朱夏たちのいる階段に差しかかったところで、ジャベールがぴたりと足をとめて問いかけてくる。すぐに彼の取り巻きが朱夏たちに詰問してきた。

「おい、それはなんだ！　答えよ！」

「これですか？　ただのハタキですけど……」

小脇に挟んだハタキを指さされた雷雷が、戸惑いつつそう答え、ハタキを手に取って見せる。

すると、その答えを聞くなり、取り巻きの一人がダダッと階段を駆け下りてきて、雷雷の手から乱暴にハタキをむしり取った。ぽかんとする朱夏たちを後目に、またダダッと階段を駆け上がり、ハタキをジャベールに恭しく差し出す。

「どうぞ、ご検分下さい」

「ああ」

当然といった様子で受け取ったジャベールが、ハタキをしげしげと眺めて首を傾げる。

「この布は？　見覚えのある柄だが……」

「あ……、それは大広間の飾り布だったものです。入れ替えると聞き、いただいてきました」

勝手に盗ってきたと勘違いされないようにと急いで答えた朱夏に、ジャベールが片眉を跳ね上げて問いかけてくる。

「入れ替える？　ではこれは、元は捨てられるものだったのか？」

「はい、そうです。あの、ですがちゃんと許可を取ってもらってきておりますし、ハタキも休憩時間を利用して作っております。仕事に支障は……」

懸命に言い募った朱夏だったが、ジャベールはまるで汚いものであるかのようにハタキを指先でつまんで朱夏を遮《さえぎ》る。

「御託はいい。すべて廃棄しろ」

「え……」

取り巻きの一人にハタキを渡しながら言ったジャベールに、朱夏は大きく目を瞠った。今、なんと言ったのか。

「は……、廃棄？」

「聞こえなかったのか？　ジャベール様は、すぐにすべて捨てよと仰《おっしゃ》ったのだ！」

ジャベールからハタキを受け取った取り巻きが、バキンと乱暴に柄を折る。階段の上からそれを投げ捨てられた朱夏は、思わずカッと沸き上がった怒りを必死に堪《こら》えて聞いた。

「……何故廃棄しなければならないんですか？」

隣の雷雷が、小声で朱夏、となだめようとしてくる。騒ぎを聞きつけたのか、周囲で仕事をしていた仲間たちも集まってきて、皆心配そうにこちらを見ていた。

貴族に楯突《たてつ》いたって勝ち目はない。逆らったたって無駄だ。そんなことは重々分かっている。

でも、理由も聞かずにハイそうですかなんて引き下がれない。

「別に、危険なものを作っているわけじゃありません。オレはただ、この鳳凰宮を掃除する道具を作っているだけで……」

「だから、だ」

再び朱夏を遮ったジャベールが、そんなことも分からないのかと言わんばかりに続ける。

「仮にもこの鳳凰宮は、皇帝陛下の御所だ。その御所を廃棄すべき材料で作った道具で清めるなど、どう考えても不敬だろう」

「な……っ」

ジャベールのあまりの言いように、朱夏は驚いて目を瞠った。

（なんだ、その言いがかり……！）

しかしジャベールの取り巻きたちは、口々に彼を褒めそやす。

「まったくです、ジャベール様」

「さすがはジャベール様。思慮深いお考え、誠に感服致しました」

取り巻きたちの追従《ついしょう》に、ジャベールはフフンと鼻を鳴らして言った。

「すべては皇帝陛下の御為《おんため》を思ってのこと。陛下の品位を我々後宮の者が損なうわけにはいかないからな」

（なにが品位だよ……！）

得意げに言うジャベールがどこまで本気でそう思っているのか知らないが、こんなハタキ一本で品位が損なわれるわけがない。

朱夏はぐつぐつと煮え滾《たぎ》る怒りを堪えて訴えた。

「……っ、ですが、こちらの布はまだまだ使えます。汚れているわけでもありませんし、捨てるのは勿体ないと思いませんか？　第一、ハタキの布が新品かどうかなんて誰も気にするわけが……」

「まだ囀るか」

だがジャベールは、朱夏の言葉を聞くなり不愉快そうに眉根を寄せる。階段の上から朱夏を見下ろした彼は、苛々と言い募った。

「浅慮もいい加減にしろよ、小僧。誰かが気にするかどうか、ではない。陛下の御所を廃棄すべき布で清める、その事実が問題だと言っているのだ。勿体ないなどという理由は、この鳳凰宮では通じない」

「ですが……！」

「っ、朱夏、やめとけ」

なおも食い下がろうとした朱夏を、雷雷が焦ったように押しとどめる。腕を掴まれた朱夏は、雷雷を振り返った。

「雷雷、でも……！」

「馬鹿、やめろって。処罰されてもいいのか⁉」

小声で忠告されて、朱夏はぐっと顔を歪める。

いつも、そうだ。

いつだって貴族は、自分の思い通りにならないことは権力でねじ伏せようとする。

だから貴族なんて、大嫌いなのだ――。

「……随分と不満そうだな」

黙り込んだ朱夏を見下ろして、ジャベールが鼻白む。

「だが、陛下のご威光を脅かすことはまかりならない。すべて即時廃棄を……」

「いや、ちょっと待ってくれ」

しかし、ジャベールが改めて命じようとしたその時、人だかりの向こうで声が上がる。

よく晴れた、夏の太陽のようにまっすぐで通りのいい低い声がした途端、集まっていた下働き仲間たちがサッと廊下の端に寄り、声の主に道を譲った。

拱手する周囲より頭一つ高い長身の男が、緋色の衣をまるで鳳凰の尾のように翻して現れる。

今上帝の正室、武炎だった。

「……武炎殿」

嫌そうに眉をしかめて唸ったジャベールだったが、武炎は気にした様子もなく、のんびりした口調で言う。

「ジャベール、お前このハタキよく見たか？　竹なんてわざわざ角削ってあるし、布も重ねただけじゃなく、埃《ほこり》がよく取れるように縫って工夫してある。なかなかいい出来だ」

仲間が使っていたハタキを借りたのだろう。手にしていたハタキをひとしきり検分した武炎は、そばに控えていた目の細い男に話しかけた。

「な。お前もそう思うだろ、林明《りんめい》」

「ええ、そうですね。今鳳凰宮で使っているハタキより柄が長いですし、より使いやすいかと」

どうやら糸目の男は宦官らしい。高位の宦官にだけ許された漆黒の衣装を身に纏った林明が、細い目を更に細めて頷く。

だよな、と相槌《あいづち》を打った武炎は、ハタキをまるで羽扇《うせん》のように左右に振って言った。

「作りもしっかりしてるし、布が汚れたら取り替えも簡単に利くようになってる。捨てるには勿体ない出来じゃねえか？」

誰にともなく問いかけた武炎の背後で、拱手したままの下働き仲間たちが無言でうんうん頷く。

スッと目を眇《すが》めたジャベールが、冷笑を浮かべて言った。

「……武炎殿ほどのお方が、なにを仰られるやら。勿体ないなど、今上帝のご正室とは到底思えぬお言葉ですな」

「そうか？　陛下の口癖だけどな。しょっちゅう勿体ないって言ってるぜ」

なあ、と話を振られた林明が、苦笑しつつ頷く。

「陛下は倹約家でいらっしゃいますから」

「っ」

悔しげな顔つきになったジャベールを、武炎が

すかさず取りなす。

「まあ、とはいえ、ジャベールの言い分ももっともだ。だから、今後道具を手作りする奴は、まずは一回俺んとこに持ってこい。使っても問題ないか、この鳳凰宮の品位を貶《おとし》めない出来かどうか、確認してから許可を出す。それでいいよな、ジャベール？」

「……武炎殿のご采配でしたら、もちろん」

渋々ながら拱手したジャベールを見て、彼の取り巻きたちも慌てて武炎に向かって拱手する。

とりあえずこれは合格な、とニッと笑ってハタキを振る武炎に、朱夏はぽかんとして見入った。

（なんだ、この人）

突然現れたかと思ったら、あっという間にジャベールを言いくるめてしまった。おまけに朱夏の作ったハタキをそのまま使っていいと許可まで出して。

いくら後宮を統括する立場とはいえ、皇帝の正室が直接諍《いさか》いをおさめるなんて、そんなに気軽に動いていいものなのだろうか。

唖然《あぜん》とする朱夏をよそに、ジャベールが、ではと取り巻きたちと共に去っていく。

豪奢な毛皮を翻し、先ほどより荒い足音で遠ざかるその背を見送っていた朱夏だったが、その時、目の前にずいっと武炎が顔を出してきた。

「っ！」

びくっと肩を震わせた朱夏に、武炎がニカッと人なつこい笑みを浮かべる。

「で、これ作ったのはお前、なんだよな？　名前は？　年はいくつだ？」

「あ……、朱夏と申します。年は十八です」

慌てて拱手して答えた朱夏は、呼吸を整えてお礼を言った。

「あの、先ほどはありがとうございました。私の作った道具に過分なお言葉をいただき、光栄にございます」

「そんなにかしこまらなくていいぞ、朱夏。俺は思ったままを言っただけだしな。本当によくできてるな、このハタキ」

ニッと白い歯を見せて笑った武炎に、朱夏は少し戸惑いつつ、ありがとうございますと再度お礼を言った。

（なんだか皇帝の前と違って、随分気安い感じの人だな……）

おそらく公私を分けていて、こちらが彼の素なのだろうが、あまり貴族っぽくない性分のようだ。

とはいえ、不興を買えば朱夏の首などすぐ飛んでしまうだろう。かしこまらなくていいなんて、社交辞令程度に思っていた方がいい。

（貴族なんて、皆同じだしな。顔を覚えられても面倒だし、あんまり関わらないでおこう）

そう思った朱夏だったが、朱夏の内心など知らない武炎は更に話しかけてくる。

「それにしても、朱夏は手先が器用なんだな。見ない顔だけど、最近入ったのか？」

「はい。少し前からお世話になっております」

朱夏が頷くと、武炎の後ろに控えていた林明が思い出したように言った。

「ああ、そういえば、大工の経験がある者が入ってきたと聞きましたね。君がそうですか？」

「は……」

「大工！」

朱夏が頷くより早く大声で叫んだ武炎が、一歩距離を詰めてくる。驚いて息を呑んだ朱夏に構わず、武炎は何故か爛々と目を輝かせて聞いてきた。

「朱夏、大工なのか？」

「えっと、はい、一応。まだ見習いでしたけど」

三年間の見習い期間を経て、そろそろ一人前だなと、ようやく養父からお墨付きをもらったところだった。

まだ正式に一人前と認められたわけではなかったので、大工と名乗っていいものかどうか迷いつつつ答えた朱夏だが、武炎はニッと笑みを浮かべると朱夏の手を取ってずんずん歩き出す。

「ちょうどよかった！　来てくれ！」

「え⁉　ちょ……っ、どこへ⁉」

いきなり手を引っ張られて驚く朱夏に、武炎が快活に答える。

「俺の寝所だ！」

「し……⁉」

（なんでいきなり寝所に⁉　っ、まさか、そういう意味⁉）

冗談じゃない。いくら相手が皇帝の正室だろうと慰み者にされてたまるかと、きっぱり拒否しようとした朱夏だったが、その時、成り行きを見守っていた林明がやれやれといった表情で武炎に声をかける。

「仕方ありませんね。彼を奥の宮に入れる許可は出しておきますから」

「！」

目を瞠った朱夏をよそに、武炎がのんびりした口調で、おう頼む、と林明に答える。

朱夏はこくりと緊張に喉を鳴らした。

（奥の宮……！）

確かに、皇帝の寝所や正室の宮は、あの分厚い扉の向こうにある。このまま大人しくついていけば、奥の宮に入ることができるだろう。

だがしかし、貞操の危機である。

いくら玉璽を盗むためとはいえ、男に抱かれるのも抱くのも嫌だ。

（……いざとなったら全力で逃げよう。ぶん殴ってでも！）

鼻歌交じりに上機嫌で前を歩く武炎の背を、朱夏は殺意の高い目で睨む。

正反対の表情を浮かべて遠ざかる二人を、残された雷雷たちがぽかんと見送っていた。

廊下の端に立っていた見張りの兵に向かって、武炎がのんびりと声をかける。

「ご苦労。朱夏、こっちだ」

「……はい」

緊張しきった声で頷き、朱夏は武炎の後に続いて廊下の角を曲がった。

厚い扉をくぐり、外回廊で繋《つな》がっている大きな屋敷を三つ経由し、更に内回廊を進んだその先に、今上帝の正室、武炎の宮はあった。

(いくらなんでも広すぎるだろ!)

流石、皇帝の居城だけあって、後宮だけでも想像より遙かに広い。ここに来るまでの道中、頭の中で建物の位置関係を必死に覚えようとしたが、とても一度では把握できそうになかった。

(いざとなったらぶん殴って逃げようと思ってたけど、厠《かわや》へ行くって言って、迷った振りして逃げた方がいいかもな……)

そうでもしなければ、途中で捕まってしまうだろう。

頭の中で全力で逃げる算段を立てていた朱夏だったが、その時、前を歩いていた武炎がぴたりと足をとめる。

視線を上げると、頑丈そうな扉の前で二人の兵士が見張りに立っていた。

「ご苦労、異常ないか?」

「は、異常ありません!」

「ん。引き続き頼む。朱夏、ここが俺の部屋だ」

屈託なく笑った武炎の前で、兵士が扉を開ける。

部屋の中に足を踏み入れたらもう逃げられないかもしれないと、朱夏は慌てて声を上げた。

「すみません、ちょっと……」

だが、皆まで言う前に、飛び込んできた光景に思わず口を噤んでしまう。

(……なんだ、この部屋)

開いた扉の先、大きな池のある美しい中庭に面したその部屋は――、ひどく雑然としていた。

　書棚からは蔵書が溢れ、文机の上には書簡が散乱している。書簡は床にも溢れかえっており、歩く場所もないほどだった。景観を楽しむためであろう、美しい装飾の施された窓辺には書物が積み上がっており、飾り棚には明らかに飾りとしての用途ではない硯《すずり》と筆が鎮座している。

（盗賊でも入ったのか？　いや、盗人のオレが言うことじゃないけど）

　こんなに荒れている部屋、別の意味で足を踏み入れられない。

　唖然としている朱夏をよそに、武炎が慣れた様子でひょいひょいと書簡を避けて部屋の奥へと進んでいく。

「散らかってて悪いな。ちょっと奥まで来てくれるか」

「あ、いえ、私は……」

　はっと我に返り、今からでもどうにか逃げようと後ずさりかけた朱夏だったが、部屋の前に立つ見張りの兵たちに不審そうに見られて、それ以上後退できなくなる。

　もうこうなったら、本当にぶん殴るしかない。

（いざとなったらあの辺に転がってる重そうな書簡で……！）

　武器になりそうなものに当たりをつけつつ、朱夏は溢れる書簡を避け、武炎が通った後を辿っていった。

「お、上手い上手い。才能あるな、朱夏」

「……ありがとうございます」

（なんの才能だよ！）

　人を褒める前に片づけろと思いつつ、間続きの部屋へと入る。やはり床に書簡が溢れているその部屋には、どうにかそこだけは書簡の浸食から逃れている寝台と、そして――。

「これこれ。最近ずっと手入れできてなくてなあ」

　壁にかけられていた見事な青龍刀《せいりゅうとう》を取った武

炎が、先ほどの部屋に戻り、外に出る。

池の上に張り出した広い四阿《あずまや》に出た武炎は、ブンと刀を一振りして唸った。

「うーん、やっぱちょっと錆《さ》びついてるな。朱夏、悪いけどこれの手入れ頼めるか？」

「え……」

「大工なら、刃物の扱いも慣れてるだろ？」

こちらを振り返った武炎に問いかけられて、朱夏はもしかしてと目を瞬かせる。

もしかして武炎は、朱夏が大工だと聞き、自分の武具の手入れをさせようと思って、ここまで連れてきたのではないか。

寝所に向かったのも、邪《よこしま》な意図からではなく、単に愛刀がそこにあるからで――。

（な……、なんだ……。じゃあオレの勘違いだったんだ）

ほっとして肩から力が抜けかけた朱夏は、しかしすぐにまた緊張に身を強ばらせる。

（え、ちょっと待てよ。この刀の手入れをするのか？　……オレが？）

確かに、朱夏は刃物の扱いに慣れてはいる。見習い期間中、棟梁である養父の鑿《のみ》や鎚《つち》の手入れは朱夏の役目だったし、鉈《なた》の研《と》ぎも得意だ。

とはいえ、朱夏がこれまで扱ってきたのはあくまでも大工道具で、こんな立派な武具の手入れなんてしたことなどない。

「朱夏？　どうかしたか？」

黙り込んだ朱夏に、武炎が声をかけてくる。

朱夏は躊躇《ためら》いつつ、正直に告げた。

「……武炎様。申し訳ありませんが、私は武具の手入れはしたことがありません。せいぜい、鉈を研いだことがあるくらいです。このような立派な刀は、私の手には余ります」

つい先ほどまで、ぶん殴って逃げようと考えてはいたけれど、それはあくまでも本当にのっぴきならない事態に追い込まれたらの話だ。そうではない今、貴族の命令に逆らうなんて、命知らずと言われても仕方がない。

だが、失敗したらもっと咎められるだろう。そうでなくとも、貴族なんて気まぐれだから、なにかと文句を付けて罰せられるに違いない。

朱夏は拱手した手を掲げて、なるべく相手を刺激しないよう、淡々と告げた。

「ご期待に添えず申し訳ありませんが、誰か他の者に……」

お任せ下さいと続けようとした朱夏だったが、それより早く武炎が口を開く。

「そこをなんとか頼む！　この通り！」

「……は？」

スパンッと両手を合わせ、こちらを拝んでくる男に、朱夏は大きく目を瞠った。

(貴族が頼み込んでる？　オレに？)

てっきり、そんな言い訳はいいからやれと命じられるか、もういいと追い出されるかのどちらかだと思っていた朱夏は、思いがけない反応に面食らってしまう。

ぱちぱちと目を瞬かせる朱夏に、武炎が眉を下げて言った。

「そりゃ、自分の武具の手入れくらい、自分でやるべきだってことは分かってる。けど、都に来てからこっち、ゆっくり手入れする時間が取れなくてな」

「……はあ」

「かといって、錆び付いた刀じゃ、満足に陛下の身辺をお護りすることもできないだろ？　侍従に頼もうにも忙しすぎて皆すぐ辞めちまって、部屋でさえあっという間にこの有り様だ。とても刀の手入れまで手が回らなくてな」

どうやら武炎は相当困っているらしい。はあ、とため息をつく彼を前に、朱夏はただただ驚いてしまった。

（……こんな貴族もいるんだ）

朱夏の知っている貴族は、平民にはなにをしてもいいと思っているような連中ばかりだった。

自分の望みを押し通すためなら平民になにを命じても構わない、自分にはその権利があると思っている、傲岸《ごうがん》で居丈高な連中。

(武具の手入れだって、いいからやれって命じればそれで済む話なのに、『そこをなんとか頼む』だなんて……)

まるで朱夏のことを自分と対等だと思っているみたいだ。

もしかしたら武炎は、今まで朱夏が見てきた貴族たちとは違うのかもしれない――。

まじまじと武炎を見つめながらそう思いかけた朱夏だったが、その時、部屋の入り口から兵が声をかけてくる。

「武炎様、使いの者が参っております。皇帝陛下がすぐに来るようにとのことですが……」

「……あのクソババア」

「…………」

今、ものすごく不敬な言葉を聞いた気がする。

とりあえず聞かなかったことにしておこう、と己の胸の内にとどめた朱夏をよそに、武炎が入り口に向かってすぐ行く、と返す。がしがしと後ろ頭を掻いた武炎は、ずっしりと重い青龍刀を朱夏に手渡して言った。

「そういうわけだから、朱夏。悪いが頼む」

「え!? で、ですが……」

無理だと再度断ろうとする朱夏を、いいからいいからと押しとどめて、武炎が部屋の棚から手入れ道具を持ってくる。

「道具はこれを使ってくれ。なんか足りなきゃ見張りに声かければ調達してくれるから」

「いえ、ですから……っ」

「大丈夫だって。こんなもん、ちょっとでかい鉈だと思えばいい」

「っ、思えるわけないだろ! ……………あっ」

つい反射的に言い返してしまい、朱夏は我に返って小さく声を上げた。サーッと顔から血の気が引いていくのが、自分でも分かる。

（うわ……、やっちゃった……）

武炎があまりにも無茶なことを言うものだから、つい素が出てしまった。貴族に逆らったらどうなるか分からないのに——。

「あ……、あの……、大変ご無礼を……」

目を丸くしている武炎におそるおそる謝罪しようとした朱夏だったが、当の武炎はブハッと吹き出すなり、豪快な笑い声を上げる。

「あっはっは！　なんだ、お前ちっこいのに威勢いいなあ！」

「ち、ちっこ……⁉」

（別に、小さくないし！）

内心ムッとした朱夏だったが、その時、武炎が突然ぬっとこちらに手を伸ばしてくる。

預けられた青龍刀を両手で握りしめていた朱夏は、両頬をふわりと大きな手に包まれて息を吞んだ。

（え……、な、なに……）

びっくりした猫のように固まった朱夏を見つめる武炎の黒い瞳は、いつぞやの鋭さとはまるで違っていてとても優しい。

吸い込まれそうなその瞳につい見入っていた朱夏だったが、武炎はニカッと屈託のない笑みを浮かべると、朱夏の頬をむにー、と軽く引っ張った。

「はは、お前もっちもちだな！」

「⁉　……⁉」

一体この男は、いきなりなにをしているのか。

茫然《ぼうぜん》としている朱夏の頬をもにもにと揉みながら、武炎が目を細めてやわらかい声で言う。

「な、頼むよ、朱夏。いいだろ？」

「え……」

（頼むって、なにが……）

混乱に混乱が重なってわけが分からなくなって

いる朱夏にもう一度、な、と笑いかけて、武炎がパッと朱夏の頬から手を離す。え、と目を瞬かせる朱夏にニッと笑うと、武炎は片手を上げて素早く部屋の出入り口へと向かった。

「じゃ、頼む！　すぐ帰ってくるから、よろしくな！」

「……？　っ、あっ、ちょ……！」

よろしくってなにを、と朱夏の思考がようやく回り出したのは、武炎の背が扉の向こうに消えてからだった。

「ま……っ、待って下さい！　本当にオレには無理で……」

慌てて追いかけようとするも、預けられた青龍刀はずっしりと重く、持ち上げるのもひと苦労で、とても追いかけるどころではない。まるで重石である。

（さっきあいつ、これを片手で持ち上げてたよな⁉）


風のように去っていった武炎の膂力に驚きつつ、朱夏は力の限り叫んだ。

「……っ、このっ、人の話を聞けー！」

朱夏の叫びが聞こえたのだろう。ハハハ、と回廊の方から愉快そうな笑い声が聞こえてきて、朱夏はわなわなと怒りに肩を震わせた。

「なんなんだ……！　なんなんだ、あいつ！」

なんだかもう、貴族をあいつ呼ばわりして罰せられたらどうしようとか、そんな考えなど頭から吹き飛んでしまって、ただただ腹が立って仕方がない。

貴族にしては珍しく人に強制せず、きちんと真正面から頼み事をする姿に驚いたし、もしかしたら今まで見てきた貴族とは違うのかもと思いかけたけれど、そんなの一瞬で消し飛んでしまった。

（結局あいつも同じじゃないか！　自分の望みを押しつけて、人の話ちっとも聞かないで……！）

見直しかけて損したと憤慨《ふんがい》した朱夏だが、握りしめた青龍刀を見ているうち、頭の中に武炎の言葉が甦る。

『錆び付いた刀じゃ、満足に陛下の身辺をお護りすることもできないだろ？』

（……確か、刺客を捕らえたって話だった）

雷雷から聞いた話では、武炎が刺客を捕らえたため、燕麗帝は無事だったということだ。よく見ると新しそうな小さな刃こぼれもあるし、きっとこの青龍刀で刺客と戦ったに違いない。寝台の脇の壁にかけられていたのも、なにか事あればすぐにこの青龍刀を携えて燕麗帝の元に駆けつけられるようにだろう。

彼にとって燕麗帝は、実の母親だ。

家族が常に誰かから命を狙われている状況なんて、気の休まる暇もないに違いない。

（しかも、こんなに仕事山積みだし……）

寝台以外、足の踏み場もないほど積み上げられている書簡を眺める。

新参の朱夏には子細は分からないけれど、そもそも武炎が無能なら、これほど多くの書簡が寄せられるはずがない。むしろ有能だからこそ、複数の案件を同時にこなして、手が回らなくなっているように思える。

侍従がついていけないほど武炎が仕事に忙殺されているのは、一重に皇帝である母を支えたいという強い思いがあるからだ。息子でありながら正室の座についたのも、幼い頃に離ればなれになった母を助けるため――。

（……クソババアとか、言ってたくせに）

貴族の気持ちなんてなに一つ分からないし、分かりたくもない。

でも、母親を大切に思う気持ちは、家族を助けたいと思う気持ちは、自分にも分かる。

「……しょうがないな」

先ほど武炎に揉まれた感触がまだ残る頬をぶすっと膨らませて、朱夏はどっかりとその場に腰を下ろした。

美しい庭園を望む広い四阿の中央に陣取り、武炎が置いていった手入れ道具を広げる。

やりたくなんてないけれど、でも、刃の研ぎ直しくらいはしてやっても罰は当たらないだろう。

刃物の研ぎは得意だし。鉈しかやったことないけれど。

「これのどこが、でかい鉈だっつの」

大雑把にもほどがあるだろうとぶつぶつ文句を言いつつも、朱夏は用意された道具で青龍刀の手入れをしていった。

「ん……、ここの紐、解けかけてるな。ついでにこっちも綺麗にしとくか」

ひと通り刀身を研ぎ直してから、柄の部分もついでに手入れする。解けかけている紐を解くと、カチリと音がして柄から小刀が現れた。

「え、仕込み刀か、これ。うわ、こっちの方がぼろぼろじゃん」

どうやらこちらまでは手入れが行き届いていなかったらしい。小刀も綺麗に研ぎ直し、鍔《つば》と柄を磨いて、飾り布を新しいものに取り替える。

「……よし、できた」

どれくらい時間が経ったのだろう。

無心で青龍刀の手入れをしていた朱夏は、ようやく顔を上げる。

四阿に差し込むやわらかな陽光を受けて、磨き抜かれた白銀の刀身が美しく光った。

「うん、いい出来じゃん。これなら……」

あいつも喜ぶだろうと思いかけて、朱夏はハッと我に返る。

(……っ、別に、あいつを喜ばせたいとかそういうんじゃないし)

自分はただ、武炎があまりにも切羽詰まっている様子だったから手を貸しただけだ。それに、やらなければ咎められるかもしれないと思ったから、仕方なく――。

と、心の中であれこれ言い訳をしながら手入れ道具を片づけた朱夏は、それをしまいに行こうと後ろを振り返って、思わず呻く。

「にしても、ひっでー部屋……」

先ほどこの部屋に連れてこられた時はただただ驚くばかりだったが、冷静になった今、改めて見返してみると、本当にひどい惨状だ。

「……ちょっと片づけといてやろうかな」

ため息をついて、朱夏は青龍刀を四阿の端に置き、部屋へ戻った。

中には機密に関わる書簡もあるだろうから、勝手に触れたりしたら咎められるかもしれない。

だが武炎は、部屋の中のものは好きに使って構わないと言っていた。朱夏に見られて困るような書簡があるのならきっとああは言わないだろうし、いくら見張りの兵がいるとはいえ、扉で閉め切られた部屋に朱夏一人を残しては行かないだろう。

（それに、なんとなくだけど、あいつはそういうことで怒ったりしなそうな気がする）

武炎は、人が善意でしたことはそのまま受けとめるのではないだろうか。

他の貴族のように、変ないちゃもんをつけて人を罰したりはしない気がする――。

「……ま、戻ってくるまで暇だし」

武炎はすぐ帰ってくると言っていたから、戻るまで待っていなければならないだろう。できればこっそり部屋を抜け出して辺りの探索をしたいところだが、見張りがいてはそれもできないし、かといってじっとしているのも退屈だ。

（この部屋に玉璽があれば、言うことないんだけどなあ）

いくら武炎が正室で皇帝の息子とはいえ、さすがにそれはないだろう。宝物庫か、あるいは隠し部屋に保管されているに違いない。

後宮の見取り図でもあれば御の字なんだけど、と思いつつ、朱夏は床に転がる書簡をいったん端に寄せ、返答の締め切りごとに置き台に置いていった。

「これはまだ余裕があるかな。次は……、えっこれ明日までじゃん！」

いついつまでに返事を、と期限が切られているものは大概巻末に日付が書いてあるため、そこだけ見てパッパッと仕分けていく。時折交じる資料の類いは書棚に適当に片づけ、すでに処理が済んでいるらしき書簡は部屋の片隅にまとめて置いていった。

「えっと、これは……」

面倒ごとに巻き込まれても困るため、なるべく文面は見ずに作業を進めていた朱夏だったが、それでもある程度は文章が目に入ってくる。そのほとんどが報告という名目の苦情で、朱夏はだんだんげんなりしてきてしまった。

「うわ、これなんてほぼ愚痴じゃね？　こんなのわざわざ送りつけてくんなっつの」

ぶつくさ文句を言いながら、これは後回し、と置き台に分けた朱夏の背後で、のんびりとした声が上がる。

「そうなんだよなあ。でもその愚痴を聞いてやるのも俺の仕事でなあ」

「うわっ⁉」

いきなり聞こえてきた声に、朱夏は飛び上がらんばかりに驚いてしまった。後ろを振り返った朱夏のすぐ目の前で、武炎がニッと笑みを浮かべて言う。

「仕分けしてくれてたのか？　ありがとな、朱夏」

「い……、いえ、差し出がましい真似を……」

(びっくりした……)

ドッドッと忙しなく早鐘を打つ心臓をなだめつつ、朱夏は慌てて武炎に向き直る。

「そんなにかしこまるなって。もしかしてこれ、締め切り順か？」

「はい。こちらから順に、期日の迫っているものになります」

置き台ごとに分けた書簡を示すと、武炎がそのいくつかの中身を改めて唸る。

「……確かに順番通りだ」

「お返事の不要そうなものはあちらに。朱書きで済とあったものはあちらにまとめてあります」

「あれだけあったのに、もう全部仕分けたのか？」

「まだちょっと残ってますけど」

締め切り順に仕分けるだけなら、そう時間はかからない。中身は読んでいませんので、と一応言い添えた朱夏だが、武炎はああ、と上の空な様子でこちらをじっと見つめてくる。

（なんだろ……、あ、もしかして刀の手入れしてないと思われてる？）

頼まれた仕事をきちんとこなしていないと思われたのだろうかと、朱夏は慌てて立ち上がった。

「あの、お預かりした青龍刀の手入れも終わっています。あちらに……」

「……ああ、見せてくれ」

四阿に出た朱夏に続いた武炎が、立てかけてあった青龍刀を手に取る。ひとしきり刃を眺めた武炎は、続いて新しくなった飾り布に目をとめた。

スッと柄から小刀を引き出し、目を瞠る。

「こっちも研いでくれたのか」

「あ、はい。いかがでしょうか」

「…………」

緊張しつつ問いかけた朱夏をじっと見つめた後、武炎は青龍刀を手に四阿の中央に進み出た。足を開き、両手でしっかりと柄を握って、力強く宙を薙《な》ぎ払う。

「ハ……！」

「……！」

磨き抜かれた大刀が銀色に光る度、美しく翻る黒髪と緋色の衣に、朱夏は我を忘れて見入った。

（すごい……）

まるで剣舞のような優雅な動きながら、空気を裂く音は重く鋭い。床を踏みしめる足捌《あしさば》きは無駄も迷いもなく、一振りごとにバタバタと倒れる敵の姿が見えるようだった。

兵役の経験のない朱夏でも、一目でわかる。彼は幾多の戦いを制してきた歴戦の将、一騎当千《いっきとうせん》の猛者《もさ》なのだ――。

――と、一通り型を試し終えたのだろう。武炎がぴたりと動きをとめる。

まるで鳳凰がその翼を休めるかのように、緋色の衣がふわりと広がり、武炎の体に沿って落ち着いた。

青龍刀を手に戻ってくる彼の表情が先ほどよりも硬く強ばっているように思えて、朱夏は動揺しつつ急いで申し出た。

「あの、いかがでしたか？　なにかお気に召さないところがおありでしたら、すぐに直しを……」

「朱夏」

「はい！」

低い声で名前を呼ばれて、朱夏はピンッと背筋を伸ばす。

やっぱり小刀まで手入れしたのが悪かったのか、でも気づいたら研がずにはいられないし、と頭の中でぐるぐると考えていた朱夏だが、武炎は目の前まで来るとニカッと破顔して言った。

「お前、俺の侍従にならないか？」

「……は？」

ぽかんと口を開けた朱夏の声が、四阿に響く。

どこからともなく飛んできた小鳥が、欄干の上でチチチ、と小首を傾げ、パッと飛び立った――。

それは、陽も暮れかけた夕刻の出来事だった。

「疲れた……」

げっそりとやつれた顔で呻いた朱夏の隣で、雷雷が苦笑する。

「なんかもう、ほんと大変だったな。毎日ああなのか？」

「いや、今日は雷雷が来てくれたからまだましな方。なんたって、陽のあるうちに帰れてるし」

「確かに、昨日なんか夜中に帰ってきてたもんな」

お疲れと肩を叩く雷雷に力なく笑って、朱夏は回廊を進んだ。

──朱夏が武炎の侍従となって、二週間が過ぎた。

あの日、突然侍従となるよう言われて驚く朱夏に、武炎は苦笑して告げた。

『悪い、驚かせたか。いや、でも正直こっちも驚いてな。刃を研ぎ直してもらえるだけでも御の字だったのに、すっかり見違えた。本当は大工じゃなく刀鍛冶《かたなかじ》だったんじゃないか、朱夏』

どうやら朱夏が懸命に施した手入れは、納得の出来だったらしい。

前よりしっくり手に馴染む、ありがとな、と満面の笑みでお礼を言われれば、こちらとしても満更でもない。

『少しはお役に立てたようで、光栄です』

内心ちょっと鼻を高くしつつ、あくまでも控えめに返した朱夏に、武炎が続ける。

『謙遜《けんそん》するなって。刀だけじゃない。書簡の整理までしてくれて、本当に助かった。仕分けも的確だし、あの短時間であれだけの山をここまで片づけられる奴は、そうはいない。……そこでだ』

キランと目を光らせた武炎が、朱夏の肩をがっしり摑んで、改めて言う。

『お前に是非、侍従の仕事を頼みたいんだ。な、朱夏、頼む！』

『い、いいえ、私には無理で……』

正室の侍従なんて大層な役目、自分に務まるわけがない。そう思って断ろうとした朱夏だったが、続く武炎の言葉にハッとする。

『そう言わず、考えてみてくれないか？　できれば明日からでもこっちに来てほしい』

『……っ、こっちって……』

それはつまり、武炎の執務室があるこの奥の宮にということだ。

侍従の役目を引き受ければ、奥の宮への出入りが可能になる。

玉璽の在り処を探る、またとない機会を得ることができる――。

『……分かりました。私で、よろしければ』

頷いた朱夏に、武炎がパッと顔を輝かせる。

『本当か！　助かる！　頼むな、朱夏』

『……はい。こちらこそ、よろしくお願い致します、武炎様』

どうやら武炎はよほど困っていたらしい。満面の笑みで喜ぶ武炎を利用するようで少し罪悪感が湧いた朱夏だったが、武炎はそんな朱夏に気づく様子もなく頭を掻いて言う。

『うーん、その武炎様っての、できればよしてくれないか？　皆そう呼ぶけど、正直むず痒いんだよな』

『え……、ですが……』

『武炎でいい。言葉遣いも、敬語なんていいから普通に話してくれ』

戸惑う朱夏にニッと笑って、武炎は言った。

『俺はお前の威勢の良さも気に入ったんだ。俺が無茶なこと言ったら、さっきみたいに遠慮なく怒鳴ってくれた方が、こっちも張り合いがある』

朱夏が思わず叫んだ時のことを思い出したのだろう。楽しそうに喉奥で笑う武炎にちょっとムッとしつつ、朱夏は頷いた。

『……分かった。じゃあ、人前以外ではそうさせてもらう』

年上で、しかも皇帝の正室相手にこんな口を利いて本当にいいんだろうかと躊躇いはあるが、自分は彼を利用することになるのだ。

できる限り希望には添いたいし、侍従の仕事も手を抜きたくない。

そう思って、翌日から武炎の仕事を手伝い始めた朱夏だったが――、正直、ちょっと早まったかもしれないと思いつつある。

というのも、侍従の仕事は思っていた以上に多岐に亘《わた》っており、忙しいなどという一言では言い表せないほど忙しかったのだ。

なにせ武炎ときたら、後宮内に限らずあちこち顔を出しては諍いの仲裁を買って出たり、相談に乗ったりと、とにかくなんにでも首を突っ込んでくる。面会に訪れる人は朝から晩までひっきりなしだし、書簡は毎日山積みだ。

おかげで朱夏は、毎晩フラフラになりながら大部屋に戻っている。見かねた雷雷が手伝いを申し出てくれて助かったが、朱夏はちょうど今日から奥の宮に個室を与えられ、そちらに移ることになってしまった。今後は雷雷とあまり会えなくなるだろう。

朱夏はチラッと雷雷を見やると、少し躊躇いつつ口を開いた。

「なあ、雷雷。今日は本当にありがとな。雷雷が手伝ってくれて、本当に助かった。……でさ、もしよかったらなんだけど、雷雷も武炎の侍従にならないか?」

「オレが?」

驚く雷雷に力強く頷いて、朱夏は懸命に言い募る。

「武炎も雷雷の働きっぷりに感心しててさ。雷雷さえよかったら、すぐにでも侍従に勧誘したいって言ってたんだ」

たった一日ではあったが、要領もよく、地頭のいい雷雷はすぐに仕事のコツを掴んでいて、武炎も林明も感心していた。雷雷が引き受けてくれるとなれば、きっと大喜びするだろう。

「オレも雷雷がいてくれたら助かるし、心強い。まあ、今日来てもらって分かったと思うけど、ほんと忙しいから無理にとは言えないけど……」

今までよりも格段にいい給金をもらえるとはいえ、その分忙しさも段違いだ。都合のいいことを言って申し訳ないと思いつつ聞いてみた朱夏に、雷雷は案外あっさりと頷いた。

「オレでいいなら、是非」

「え、いいのか?」

少し拍子抜けして、朱夏は聞き返した。雷雷は役人の息子だし、給金目当てで後宮に勤めているわけではないだろうから駄目で元々のつもりだったのにと思った朱夏に、雷雷が肩をすくめて言う。

「いいもなにも、ただの下働きがご正室様の侍従になるなんて大出世の機会、そうそう巡ってくるもんじゃないだろ。乗らない手はないって」

「へー、そうなんだ」

庶民の朱夏にはいまいちピンと来ないが、そういうものらしい。

「雷雷も出世とか興味あるんだな」

そんな印象は今までなかったけれどと思いつつ言った朱夏に、雷雷が忠告してくる。

「そりゃ、オレだって一応役人の息子だからな。この際だから言っとくけど、朱夏、お前身の回りに気をつけろよ」

「え? なんで?」

物騒な言葉に、朱夏は戸惑って聞き返した。雷雷が少し呆れたような顔つきで言う。

「なんでもなにも、後宮に入ってすぐ武炎様の侍従に取り立てられるなんて、妬み嫉みの的になるに決まってるだろ。実際、お前のこと羨ましがってる奴、結構いるぞ」

「……そうなんだ」

朱夏としては、武炎の侍従になったのはあくまでも玉璽を盗み出すためだったので、まさかそんなふうに思われているとは思わなかった。

　驚いた朱夏を見て、雷雷が苦笑する。

「ま、そういうの気にしないのが朱夏のいいとこだと思うけどどな。大部屋にいた時はオレも気をつけてやれたけど、今度から一人部屋だろ？　知らない奴が訪ねてきても、招き入れたりしたら駄目だぞ」

「はは、そんなことするわけないだろ」

　まるで子供を心配する親のようなことを言う雷雷に、朱夏は笑って頷いた。

「ありがとな、雷雷。侍従の件、武炎に話しておくから」

「ああ。オレも個室欲しいって武炎様に言っておいてくれ」

「うん、分かった」

　任せとけと手を上げて雷雷と別れ、あてがわれたばかりの自分の部屋に向かう。確かこっち、とだいぶ慣れてきた奥の宮の構造を頭の中に浮かべながら、朱夏はほっと胸を撫で下ろした。

（……よかった。雷雷が来てくれたら、きっと今まで以上に仕事が捗《はかど》る。そうしたら、武炎だって少しは休めるだろ）

　朱夏が忙しさに悲鳴を上げつつも侍従の仕事を降りないのは、武炎の忙しさを目の当たりにしてしまったからだ。

　武炎の執務室は、朱夏が仕事を終えて下がった後も、真夜中まで明かりがついている。昨夜は見かねて簡単な夜食を作って持っていったが、武炎は嬉しそうにお礼を言った後、夜食を食べながら仕事を続けていた。

　朝、朱夏が執務室に向かうと必ず四阿で鍛錬をしているし、昼間も書簡を片づける傍ら、次々訪れる大臣たちの相談に乗ってやっている。燕麗帝の呼び出しがあれば悪態をつきつつ飛んでいくし、朱夏は武炎が休んでいるところを見たことがない。

彼はそれこそ、寝る間も惜しんで政務にあたっている。そんな姿を見ていたら、少しでも力になりたいと思わずにはいられない。

（けど、あんな無茶苦茶な仕事の仕方してたら、そのうち倒れるに決まって……）

憤慨しかけて、朱夏はハタと我に返った。

なんだかこれでは、武炎のために雷雷を勧誘したみたいになっている。

（いや、オレは玉璽を盗むために……！　雷雷がいれば余裕ができて、そっちに使う時間も増えるだろうって、そう思って……！）

誰に聞かれるわけもないのに、心の中で必死に否定して、朱夏はハアとため息をついた。

（……なんか、調子狂うな）

貴族は嫌いだし、それは変わっていないはずなのに、こと武炎に関してはそう思えなくなりつつある自分がいる。自分が今こんなに疲れている原因は間違いなくあの男なのに、そのことを腹立たしく思うどころか健康を心配してしまうなんて、一体自分はどうしてしまったのだろう。

仕事なんて適当にこなして、一刻も早く玉璽探しに専念しなければならないのに、自分以上に忙しい武炎を見ていると、つい夜中まで仕事を手伝ってしまう――。

（……あいつが貴族っぽくないのが悪い）

当代の皇帝の正室なんて、普通もっと高慢《こうまん》で怠《たい》惰《だ》で陰険なんじゃないのか、と偏見この上ないことを思いながら自室の戸を開けて――、朱夏は思わず固まってしまった。

「……なんだこれ」

部屋を間違えたのだろうかと慌てて一歩下がって確かめるが、間違いなく昼間今日からここを使うようにと案内された部屋だし、中にはその時に置いた服などの私物もある。

――ただし、その上には一匹の蛙《かえる》が乗っており、床では数十匹の蛙がピョンピョン跳んでいたが。

「蛙？　蛙って……、え？　なんで？」

　扉が開いて外の光が差し込んだせいか、蛙たちが一斉にゲコゲコと鳴き出す。

　元気な蛙たちを前に、どうして自分の部屋にこんな大量の蛙が、となにがなんだか分からず混乱した朱夏だが、そこで先ほどの雷雷の言葉を思い出す。

　後宮に入ってすぐ武炎様の侍従に取り立てられるなんて、妬み嫉みの的になるに決まってる――。

（なるほど。もしかしてこれ、嫌がらせか）

　ザッと見た限り毒を持っている種類はいないようだから、本当に単なる嫌がらせなのだろう。しかし、人に嫌がらせするためにこんなに大量の蛙を捕まえたなんて、怒りを通り越してその労力に感心してしまう。

（一人でこんなに集められるわけないから、多分複数犯……。しかも奥の宮に入れるとなると、側室の誰かの侍従とかかな？）

　とはいえ、このままでは寝られない。せっかくの一人部屋だというのに、初日から大量の蛙と同衾《どうきん》なんて、いくらなんでも御免だ。

「……よし！」

　朱夏はパタンと戸を閉めると、くるりと踵《きびす》を返して駆け出した。

「雷雷！　らいらーい！」

　先ほど別れたばかりの友達の名を呼びつつ廊下を駆け戻る。

　戸が閉まる直前に部屋から飛び出た蛙が一匹、ゲコッと喉を膨らませてぴょんと跳ねた――。


　星空の下、こんがりといい色に焼けた串を差し出して、朱夏はにんまりと笑った。

「はい、焼きたて！　まだまだあるから、いっぱい食べてくれよ！」

「いいのか？　ありがとな！」

嬉しそうに受け取ったのは、下働き仲間の一人だ。たき火の空いた場所に次の串を置いて、朱夏は隣の雷雷に声をかけた。

「雷雷、そろそろ皆に回ったから、オレたちも食べようぜ」

「ああ。……ほら、朱夏」

雷雷が、焼きたてを渡してくれる。お礼を言って受け取った朱夏は、近くの階段に腰を下ろしてよく焼けたそれ――、蛙にかぶりついた。

夕方、とりあえず自分の部屋に雷雷を呼んだ朱夏は、二人がかりで大量の蛙を捕まえた。そして、下働きの仲間たちを集めて、大部屋がある棟の庭先で始めたのだ。この、大焼き蛙大会を。

「うまーい！　雷雷の味つけ最高だな！」

蛙の串焼きは市場でもよく売られているが、雷雷が作ってくれた漬けダレは甘辛く、焼くと香ばしくてとても美味しい。舌鼓を打つ朱夏の周囲で、仲間たちも絶賛する。

「確かに、食堂で出てくるのより美味いよな」

「朱夏の味付けのも美味いぞ。オレはこっちの方が好きだ」

「おだてても蛙しか出ないからなー」

釘を刺した朱夏に、仲間たちがドッと笑う。苦笑しつつ焼きたての蛙にかぶりついた雷雷が、ふと気になった様子で首を傾げた。

「しかし、誰がこんなことしたんだろうな？　まあ嫌がらせなんだろうけど、それにしちゃなんか的外れじゃないか？」

「それなんだけど……」

言いかけた朱夏は、そこで周囲の喧噪に気づく。

「どけ！　道を開けろ！」

「下働き風情が、邪魔をするな！」

見れば、集まった仲間たちを突き飛ばすようにして、見慣れない集団がこちらに向かって歩いてきている。どうやら側室の誰かの侍従たちらしく、北欧風の衣装を身に纏っていた。

彼らの靴にうっすらと泥汚れがついているのを見て、朱夏はなるほどなと納得する。

(……あいつらか)

おそらくあの泥汚れは、池のそばで蛙を捕まえた時についたものだろう。つまり、彼らが今回の蛙事件の犯人だ――。

「……朱夏」

雷雷も気づいたらしく、気遣うように声をかけてくる。朱夏は分かってると頷くと、立ち上がって彼らに声をかけた。

「こんばんは。なにかご用ですか?」

「お前たちに用などあるわけがないだろう。我々は通りがかっただけだ。こんなに大人数で集まって、通行の邪魔ではないか」

先頭の男が顔をしかめ、朱夏を糾弾する。

「しかも蛙を食べるだなんて、お前たち正気か? なんと気持ちの悪い……」

眉をひそめた男同様、腰巾着たちも嫌悪感を露わにする。

「あんなものを食べるなんて、野蛮人め」

「揃いも揃って、どうかしている」

口々に言う彼らを見つめて、朱夏はやっぱりなと内心唸った。

雷雷の言う通り、蛙を部屋に撒くなんて嫌がらせにしては少し的外れだ。だって捕まえて食べてしまえばいいことなのだから。

だが、犯人はそれが嫌がらせだと思って実行したのだ。つまり犯人は、蛙を食べる習慣がない異国人、それもこの国の習慣に詳しくない、まだこの国に来て日の浅い人間だろうと、朱夏は見当をつけていた。

(確かこいつら、皆から嫌われてたな)

出身国は忘れてしまったが、自国では相当偉い身分だったらしく、常に威張り散らしていて、近寄りたくないと皆が囁《ささや》いていたのを覚えている。

きっと彼らにとって自分より身分の低い者たちは侮蔑《ぶべつ》の対象で、その一人である朱夏が急に正室の侍従に取り立てられたのが面白くなかったのだろう。

はっきりした全貌に内心ため息をつきつつ、朱夏は極力平静を保って告げた。

「ですが、この国で蛙はごく普通の食材ですよ。皇帝陛下もお召し上がりになります」

「な……っ、皇帝陛下も⁉」

やはり彼らはこの国の習慣に詳しくなかったらしい。動揺する侍従たちに、朱夏は和解のきっかけになればと、焼きたての蛙を差し出して言った。

「よかったら一つ、いかがですか？　食べてみると案外……」

「っ、調子に乗るな！」

だがしかし、カッと怒りの形相を浮かべた一人が、差し出されたそれを地面に叩き落とす。あっと思った時にはもう、朱夏は彼に距離を詰められ、ドンと突き飛ばされていた。

「痛……！」

「朱夏！」

慌てて助け起こしてくれた雷雷が、ムッとした様子で侍従たちを睨む。

「この……！」

「待ってくれ、雷雷」

「朱夏、でも！」

今にも摑みかかりそうな雷雷を制して、朱夏は衣についた土埃をパンパンと払った。

朱夏と雷雷の後ろでは、下働き仲間たちが険悪な表情を浮かべている。もしこの場で朱夏や雷雷が侍従たちに突っかかったら、大騒ぎになってしまうだろう。

いくら最初に嫌がらせしてきたのが侍従たちとはいえ、その証拠はない。もし乱闘にでもなったら、その後処罰されるのはこちらだろう。

（オレに売られたケンカに、皆を巻き込むわけに

はいかない）

　ここに来た当初、朱夏は貴族である下働き仲間たちに多少なりともわだかまりがあった。だが、彼らは下級貴族や下級役人の子弟ばかりで、朱夏に対しても最初から気さくに話しかけてくれた。慣れない後宮の仕事を助けてもらったことも、幾度もある。

　今日の串焼きだって、彼らに今までの感謝を伝えたくて思いついたことだ。その皆に、こんなことで迷惑をかけるわけにはいかない。

　朱夏は内心腸《はらわた》が煮えくり返りそうなのを必死に堪えて、侍従たちと向き合い、拱手して詫《わ》びた。

「……大変失礼しました。オレたちは向こうに移りますので、どうぞお通り下さい」

　朱夏の背後で、仲間たちが悔しげに声を上げる。

「いいのかよ、朱夏！」

「ここは庭なんだから、オレたちがどく必要なんてないだろ！」

「いいから、行こう」

　自分のために怒ってくれる仲間たちを嬉しく思いながら、朱夏は彼らを促した。

　――だが。

「おい、待て！　話はまだ終わってないぞ！」

　自分たちの優位を悟った侍従たちが、朱夏の肩をぐいっと摑む。

「……っ！　この……」

　走った痛みと苛立ちに、朱夏がさすがに声を上げかけた、その時だった。

「一体なんの騒ぎだ」

　侍従たちの後ろから、覚えのある声が聞こえてくる。現れた男に、朱夏は思わず顔をしかめてしまった。

「ジャベール様……！」

　そこにいたのは、あろうことかあのジャベールだったのだ。

　今日も今日とて宦官を引き連れ、豪奢な毛皮を羽織ったジャベールに、侍従たちがサッと道を開ける。夜だから宝石がキラキラしていない分、まだちょっと目に優しいが、そういう問題ではない。

（なんでこの人がこんなとこに……）

後宮内とはいえ、側室やその侍従たちが下働きたちの暮らすこの棟に近寄ることは、滅多にない。

雷雷から聞いた話では、ジャベールは郭夫人の頃から後宮におり、この鳳凰宮では古株らしい。

彼は、元は西洋の友好国の大使で、その美貌を郭夫人に気に入られて側室となったそうだ。しかしその直後、幼帝の容態が悪化し死去、郭夫人も追放されてしまった。

郭夫人の頃から後宮にいた側室は、その多くが代替わりの際に追放されており、ジャベールは数少ない例外だ。一応郭夫人に阿っていたわけではないと見なされ、後宮に残ることを許されたという話だが、それが真実だったかどうかは今となってはわからない。未だに郭夫人と手紙をやりとりしているという噂もあるようだ。

噂の真偽は分からないが、ジャベールが武炎を目の敵にしていることは疑いない。彼はどうやら故郷で名門貴族だったようで、燕麗帝の息子とはいえ、庶民的な言動が目立つ武炎を苦々しく思っているらしい。武炎は正室にふさわしくないとジャベールが言っているのを、幾人もの侍従や下働きの者が聞いている。

そんなジャベールにとって、武炎の侍従になった朱夏は目の上の瘤《こぶ》もいいところだろう。

厄介な相手が来たと思っている朱夏をよそに、ジャベールの背後から進み出てきた宦官の一人が問いかける。

「そなたら、確か先日輿入れした新しい側室殿の侍従たちだったな。なにがあったのだ？」

「は、はい……！　実は、こやつらがここで蛙を焼いて食べておりまして……！」

「通行の邪魔だからどくように申しつけていたの

です。しかし、どうにも反抗的な態度で……」

　自分たちはなにも悪くないと言わんばかりの侍従たちに耐えかねたのだろう。朱夏の後ろで仲間たちが声を上げる。

「違うだろ！　朱夏への嫌がらせがうまくいかなかったから、絡んできただけじゃないか！」

「そうだそうだ！　わざわざ蛙集めて部屋に撒くなんて、陰険なことしやがって！」

「ちょ……っ、皆、落ち着けって！」

　一人が叫んだ途端、ワッと不満を噴出させた仲間たちを、朱夏は慌ててとめようとした。

　しかしその時、それまで黙っていたジャベールが口を開く。

「証拠は？」

「え……」

「この者たちが蛙を集めてお前の部屋に撒いたという、確たる証拠はあるのか？」

「それは……」

　ジャベールの問いかけに、朱夏は口ごもった。

　侍従たちの靴が汚れているといっても、たまたま池のそばを通りかかっただけだと言い逃れされたらそれまでだ。

　異国人の彼らが蛙を食べる習慣がないというのも、確たる証拠とは言い難い。実際に蛙を撒いている場面を見たわけではないのだ。

　黙り込んだ朱夏に、ジャベールの隣で宦官が呆れたように言う。

「まさか、確証もないのにこの者たちを犯人扱いしたのか？　だとしたら……」

「証拠ならあるぞ」

　と、その時、ジャベールと侍従たちの背後から武炎が姿を現す。朱夏は驚いて目を瞠った。

「武炎、……様！　どうしてこちらに？」

　つい敬称を忘れそうになって、慌てて付け足す。

　焦る朱夏に苦笑を零しつつ、武炎がのんびりと答えた。

「雷雷を侍従に勧誘しにな。朱夏から誘ってもらおうかとも思ったんだが、お前今日から雷雷とは部屋別だろ？」

だから直接話をしに来たと言う武炎に、雷雷が言う。

「その件なら、朱夏からもう聞きました。オレでよければ、是非お願いします」

「お、話が早くて助かるな。朱夏も、先に話しといてくれてありがとな」

ニカッと笑った武炎が、ジャベールに向き直り、表情を改める。

「……それで、証拠だったよな？」

「え、ええ」

一瞬で雰囲気が変わった武炎に気圧《けお》されながらも、ジャベールが頷いて言った。

「武炎殿は先ほど証拠があると仰っていましたが、彼らがこの者の部屋に蛙を撒いたなど、どう証明するのですか？」


正室の武炎の登場に怯んでいた侍従たちが、ジャベールに縋《すが》るような目を向ける。彼らをちらっと見やって、武炎は腕を組んで告げた。

「実は今朝から、俺のところに妙な情報が集まってきててな。見張りの兵から、こいつらがなにか重そうな桶《おけ》を運んでいたとか、今日は蛙料理の予定はないのに、その桶から蛙の鳴き声がしたとか」

「……っ」

息を呑んだ侍従たちが顔を見合わせる。あからさまに狼狽《うろた》えている彼らをじっと見つめて、武炎が続けた。

「その上ついさっき、こいつらの主人から相談があった。どうやら自分の侍従たちが朱夏の待遇をよく思っていないようだ、と。今朝からこそこそなにかしている様子だが、自分が聞いても教えてくれない、なにかあってからでは遅いからどうかとめてもらえないか、ってな」

武炎の言葉に、侍従たちが一斉に俯《うつむ》く。

彼らの主人である側室は、おそらく武炎が宮廷内外の問題に幅広く対応していることを知って、相談しようと踏み切ったのだろう。

（……従者思いのいい主人じゃん）

まだ後宮に来て日も浅い中、自分の部下たちがなにか問題を起こしたらと焦る気持ちもあったのかもしれないが、いざとなれば自分はなにも知らないと侍従たちを切り捨てることだってできたはずだ。そうせず武炎に助けを求めたのは、その側室が彼らのことを大事に思っている証しだ。

朱夏と同じ考えに至ったのだろう。主人の思いに心打たれた様子で悔根《かいこん》の表情を浮かべた侍従たちが、次々と地に膝をついて懺悔《ざんげ》する。

「申し訳ありませんでした……！」

「朱夏殿の部屋に蛙を撒いたのは私たちです。誠に申し訳ないことをしました……！」

口々に謝罪する彼らも、根は悪い者たちではないのだろう。

素直に罪を認めてくれた侍従たちに、朱夏もほっと肩の力を抜く。

（……ま、ちゃんと反省してるみたいだし、もういいかな）

彼らの思惑はともかく、自分も仲間たちと一緒に美味しく楽しいひと時を過ごせたわけだし。

そう思った朱夏だったが、そこで、ジャベールが思いがけないことを言い出した。

「……そうでしたか。でしたら、ここにいる者たち全員を罰しなければなりませんね」

「え？　全員って……」

一体それはどういう意味か。戸惑う朱夏に、ジャベールが肩をすくめて言う。

「当たり前だろう。なにせお前たちは、後宮の蛙を勝手に食べたんだ。この後宮のものは、たとえ花びら一枚とて皇帝陛下のもの。盗んだ者も重罪だが、食べたお前たちも重罪に決まっている」

「……っ！　お待ち下さい、ジャベール様」

あまりにも無慈悲なジャベールの言葉に、朱夏は思わず大声を上げそうになったのを必死に堪えて拱手した。組んだ手にぐっと力を込めて、反論する。

「確かに、こちらの方々は私の部屋に蛙を撒いたことをお認めになりましたし、私たちはその蛙を食べました。ですが、その蛙がこの後宮で捕らえたものだという証拠はございません」

「詭弁《きべん》だな」

フンと鼻を鳴らして、ジャベールが言う。成り行きを見守っていた宦官たちも、勢いづいた様子で声を上げた。

「なにを言い出すかと思えば。そのようなこと、この盗人どもを締め上げればすぐ分かることだ」

「そうだ。お前への嫌がらせは自白したのだから、その罪で尋問すれば……」

「嫌がらせって、なんのことですか」

宦官の言葉を、朱夏は強い口調で遮った。

「……なに？」

ぴく、と眉を跳ね上げたジャベールが、じっとこちらを見つめてくる。その強い視線に怯みそうになりつつも、朱夏は一歩も下がらない覚悟でぐっと地を踏みしめて言った。

「少なくとも私は、今回のことを嫌がらせだとは思っておりません。むしろ、この蛙は私の昇進祝いに贈られたものだと思っております」

「……っ」

朱夏の言葉を聞いた侍従たちが、目を見開いて驚く。朱夏はチラッとそちらを見やって、彼らに黙っているように視線で伝えると、再度ジャベールを見上げて言った。

「この方たちの意図がどうあれ、私は今回のこの贈り物、とても嬉しく受け取りました。私が喜んでいたことは、仲間たちに聞いてもらえれば分かると思います。私は今回のことで、こちらの方たちを訴えるつもりはありません。ですので、取り調べは無用です」

「…………」

朱夏の主張を、ジャベールは黙って聞いていた。じっと朱夏を見つめ続けるジャベールの横で、宦官たちが憤る。

「この……っ、なんと生意気な！」

「罪を逃れようと、小賢しいことを……！」

ギリッと唇を噛んだ宦官たちが、険しい顔つきで朱夏を糾弾する。思わず緊張に身を強ばらせた朱夏だったが、次の刹那、その場に弾んだ声が響いた。

「ん、これ美味いな！　誰の味付けだ？」

「え……」

見れば、武炎が呑気にもぐもぐ串焼きの蛙を食べている。隣の雷雷が、ちょっと戸惑った様子で武炎を見上げて告げた。

「そっちは朱夏で、こっちはオレですけど……」

「お、じゃあこっちも。……うん、美味い！」

もぐもぐとご満悦な武炎に、まだ食べます？と雷雷が呆れた様子で聞く。もう一本ずつ焼いといてくれ、とニカッと笑った武炎が、呆気に取られているジャベールに向き直って言った。

「なあ、ジャベール。当の朱夏がこう言ってるんだ。この件はもういいだろ」

「……ですが」

「どうしても後宮の蛙を勝手に食べたことが気になるってんなら、俺から陛下に謝罪しておく。なんたって俺も食べたからな」

この通り、と空になった串を振ってみせる武炎に、ジャベールが黙り込む。雷雷が、たき火の周囲に串を並べながら言った。

「よかったらジャベール様や宦官の方々も召し上がっていかれますか？　ついでに焼きますけど」

「……っ、なんと無礼な……！」

「もうよせ」

わなわなと怒りに震える宦官をたしなめたのは、

ジャベールだった。しかし、と気色《けしき》ばむ宦官たちを下がらせ、武炎に拱手して言う。

「寛大な陛下は、蛙ごときで目くじらを立てられたりなさいませんでしょう。私が浅慮でした。どうかお許しを」

「いや、分かってくれたらそれでいい」

謝罪の必要はないと言った武炎に頷いて、ジャベールがそれでは、と去っていく。宦官たちが慌ててその背を追いかけるのを見て、下働きの仲間たちがワッと歓声を上げた。

「ありがとうございます、武炎様！」

「朱夏も、庇《かば》ってくれてありがとな！　さすが、武炎様の侍従になるだけあるよ！」

「それを言うなら雷雷もだろ！　最後の嫌み、スカッとしたぜ！」

「おい、オレが性格悪いみたいなこと言うなよ」

苦笑いした雷雷を、仲間たちが実際悪いだろ、とからかう。和気あいあいとした雰囲気が戻った彼らにほっとした朱夏の元へ、侍従たちが気まずそうにしながらも歩み寄ってきた。

「あの……、朱夏殿。今回のこと、なんとお詫びすればいいか……」

「ああ、いいですって。実際こうして美味しく食べちゃったし」

「だが……」

どうしても罪悪感が拭えないのだろう。言い淀む彼らに、朱夏は笑って言った。

「それよりオレ、侍従の仕事なんて初めてで分からないことだらけなので、これから色々頼らせてもらってもいいですか？」

彼らは異国出身だが、長年主人に仕えており、侍従の仕事のなんたるかを心得ているはずだ。気軽に相談できる相手がいたら心強い。

そう思って言った朱夏に、侍従たちが頷き合う。

「それはもちろん！　そうだ、今度もっと上等な蛙を桶いっぱいに仕入れてこよう」

「せめてもの詫びの印に、受け取ってくれ！」

「……いや、蛙ばっかりもちょっと」

美味しいけれどと苦笑した朱夏に、侍従たちが見る間にしゅーんと肩を落とす。案外根は素直なのかもしれないなと微笑ましく思いつつ、朱夏は侍従たちに提案した。

「あの、だったら今度、皆さんの故郷のお菓子や料理を持ってきてもらえませんか？　皆で交流会しましょうよ」

「そんなものでいいのか？」

もっと高価なものでも、と言いたげな侍従たちだが、朱夏の横から下働き仲間たちがひょいと顔を出して言う。

「オレたちも、こっちの料理を用意しとくからさ。仲直りってことで、宴会しようぜ」

「蛙料理は省いてな！」

からかうように笑う下働きたちに、侍従たちが顔を見合わせ、ちょっと嬉しそうに微笑む。

「分かった。ではとっておきの酒も用意しよう」

「お、そうこなくちゃ！」

いつにする？　とウキウキで相談し始めた一同を見て、朱夏はほっと胸を撫で下ろした。そこへ、追加の串焼きを手にした武炎が歩み寄ってくる。

「朱夏、一個食うか？」

「うん！　……あの、ありがと、武炎」

差し出された串焼きを受け取りつつ、朱夏は武炎にお礼を言った。

どうにか穏便に済ませたいと夢中だったけれど、あのままではジャベールに権力でねじ伏せられていたかもしれない。丸くおさまったのは武炎のおかげだ。

「武炎が来てくれて助かった。本当にありがとう」

「…………」

ニッと笑った朱夏に、武炎はしばらく無言だった。まじまじとこちらを見つめる武炎に、朱夏は首を傾げる。

「武炎？　どうかした？」

「……あ、ああ、いや」

我に返った武炎が、朱夏の頬に手を伸ばしてくる。あっと思った時にはもう、またむにむにと頬を揉まれていて、朱夏はムスッと目を据わらせた。

「またそれかよ。やめろって！」

腹立たしいことに、初手で朱夏の頬を気に入ったらしい武炎は、こうして事あるごとに朱夏の頬を揉んでくる。

書類仕事が続いて疲れただの、話の分からない宰相と議論続きで気が滅入るだの、なにかと理由をつけてはむにむにもちもちされている朱夏は、その度に抗議しているのだが、今のところ武炎が聞き入れる気配はまったくもってない。

「勝手に触るなってば！」

「まあまあ」

「まあまあじゃない！」

憤慨しつつ、どうにか逃げようと身をよじる朱夏を、武炎が笑いながら捕まえようとする。

「待てって、朱夏。ちょっと堪能させろ」

「なんだよ、堪能って！　やらしい言い方すんな！」

始まった追いかけっこに、周囲がやんやと囃《はや》し立てる。

満点の星空の下、いつもは静かな後宮の庭先には、いつの間にか笑い声が満ちていた――。

ドスドスと荒い足音が、回廊に響き渡る。

すれ違う侍官たちが何事かと驚いた表情を浮かべているのを無視して、朱夏は膨れっ面で大量の書簡を載せた盆を運んでいた。

「ただいま戻りました！」

「お……、お帰りなさいませ」

　武炎の執務室の前に立っていた見張りの兵たちが、朱夏の勢いに気圧されつつ扉を開けてくれる。そのままドスドスと部屋に入った朱夏に、一人で書簡の整理をしていた雷雷が苦笑した。

「お帰り、朱夏。もしかして、またか？」

「また!!」

　ドサッと盆を下ろして、勢いよく頷く。またか、と苦笑する雷雷にウーッと唸って、朱夏はガシガシと髪を掻きむしった。

　蛙事件から数日が経ち、雷雷は正式に武炎の侍従となり、朱夏の隣部屋に移った。雷雷が来てくれたことで朱夏の仕事は格段に捗るようになり、あちこちお使いに出る機会が増えた、のだが。

「なんっで毎回毎回、オレの行く先に見計らったみたいに現れるんだよ、あの極楽鳥！」

「極楽鳥って」

　憤慨する朱夏に、雷雷が声を上げて笑う。笑い事じゃない！　と雷雷を軽く睨んで、朱夏は唇をひん曲げた。

　後宮内のあちこちに使いっ走りに行くのは、朱夏としても望むところだ。奥の宮の構造に詳しくなれるし、どこに玉璽があるかそれとなく探る機会が増える。

　だが、様々な場所を訪れるということは、それだけ色々な人物と顔を合わせるわけで、中には会いたくない相手もいる。そして、会いたくない相手ほど何故か偶然行き合ってしまうもので、朱夏はここのところ毎日、極楽鳥よろしく着飾ったジャベールに出くわしていた。

「今日なんて書簡が山だったせいで、曲がり角で出会い頭にぶつかっちゃってさ。そしたらもう、取り巻きの宦官たちがすごい形相で」

ジャベール様になんと無礼な、お怪我があったらどうする、とものすごい剣幕だった宦官たちを思い返すと、また苛立ちが込み上げてくる。

（しかもその後……）

ひたすら謝る朱夏にジャベールがなんと言ったか、周囲の宦官たちがどんな暴言を口にしていたか思い出しかけてムカムカが募った朱夏は、勢いよくぶんぶんと頭を振った。いつまでも嫌なことを思い返していても仕方がない。

気持ちを切り替えて、朱夏は雷雷に尋ねた。

「あーもう、やめやめ。さっさと仕事しよっと。武炎は？」

「ああ、ちょっと前に宰相様のところに……」

と、そこで部屋の扉が開き、武炎が林明と共に入ってくる。

「お、帰ってたか、朱夏。聞いたぞ」

「お帰り、武炎。聞いたってなにを？」

顔を見るなり、ニヤッと笑って言う武炎に、朱夏は首を傾げた。武炎の後に続いて入ってきた林明が、愉快そうに言う。

「君、今日もジャベール殿とやり合ったそうですね。見かけていた侍従が教えてくれましたよ。なんでも、ジャベール殿の勧誘を断ったとか」

「……あんなの、勧誘じゃありません」

せっかく封じかけた記憶を呼び起こされて、朱夏はムスッと答える。

宦官たちから責め立てられ、申し訳ありませんでしたとひたすら謝る朱夏に、ジャベールは言ったのだ。

『武炎殿の侍従は、お前には荷が重いだろう。早々に辞めた方が身のためだぞ。よかったら、私の元に来ないか』と。

（おまけにあの腰巾着の宦官たち、武炎のことさんざんけなしやがって……！）

宦官たちときたら、朱夏にそう言ったジャベールをなんと寛容なと讃える一方で、それに比べてあの慮外者《りよがいもの》はとか、あのような不作法者は宮廷にふさわしくないとか、言いたい放題だったのだ。

あまりにも目に余る暴言に朱夏は我慢できず食ってかかり、余計に揉めてしまった。最終的に、ジャベールがもういい、急ぐぞと言って幕引きになったけれど、彼らに急用がなければどうなっていたか分からない。

せっかく押さえ込んだムカムカが戻ってきて、朱夏は仏頂面で言った。

「あんなの、ただの嫌みです。オレが目障りだから、後宮を追い出そうとしてるんです」

自分の元に来ないかなどと言っていたジャベールだが、もし朱夏がその気になったら体よく厄介払いするつもりだろう。そう思った朱夏だったが、林明は肩をすくめて言う。

「本当にそれだけですかねえ」

「……他になにかあるんですか？」

問い返した朱夏に、林明が答える。

「先日の一件で、君の評判は上々です。自分の陣営に引き込んで、下働きたちを味方につけようと考えたとしてもおかしくありません」

「確かに、あり得ない話じゃないですね。ジャベール様は貴族からは人気ですが、下働きたちからは距離を置かれてますから」

唸った雷雷に、そうでしょうと頷いて、林明が続ける。

「そうでなくとも、君は武炎の侍従ですからね。味方に取り込んで間諜《かんちょう》に仕立てようと画策してもおかしくありません」

くれぐれも気をつけて下さいね、と細い目をますます細める林明に、朱夏は少し緊張しながらハイと頷いた。

高位の宦官である林明は、元は武炎の幼馴染みだ。

なんでも、武炎が親戚に預けられるまで共に育った彼は、長じて文官となったものの、宮廷に上がった際に郭夫人に目をつけられたらしい。側室となるよう命じられそうになり、先手を打って宦官となったそうだ。

『私、ちゃんと目を開けていると絶世の美青年なんです。疲れるので五秒と保ちませんが』

その言葉が冗談か真実かは分からないが、その後燕麗帝の元で出世を重ねた彼は、今では武炎の右腕だ。基本的には頼りになるいい人だが、少々苛烈《かれつ》な面もあり、先日の蛙の一件を聞いた時には手ぬるいと武炎に意見していた。

『実際の被害者は朱夏くんとはいえ、その侍従たちは武炎に弓引いたも同じことです。盗みを働いた罪には目を瞑《つむ》るとしても、嫌がらせしようとしたことはしっかり罰するべきでは？』

そうでなければ周りに示しがつきませんと言う林明は、おそらく今までもそうして武炎の身に降りかかる火の粉を払ってきたのだろう。結局武炎になだめられて引き下がってくれたが、後々禍根《かこん》になったらどうすると苦い顔をしていた。

『武炎も燕麗陛下も、臣下に甘すぎます。もっと厳しい態度で臨まなければ、侮られて取り返しのつかないことになりますよ』

（……林明様の言い分ももっともだけど、でも許すことで得られる信頼もあると思うけどな）

あれからあの侍従たちとはそれぞれの郷土料理を持ち寄った宴会を開催し、すっかり仲良くなった。侍従たちは今までの態度を改めると約束してくれたし、下働きの仲間たちもざっくばらんに話し、食べて歌って呑んで踊るうち、彼らに対するわだかまりはすっかり解けたらしい。

もしあの時、侍従たちの罪を追及していたら、彼らが分かり合う機会は巡ってこなかっただろう。だから、今回のことはこれでよかったのだと思う。

（ま、武炎には林明様くらい厳しい人がそばにい

てくれた方がいいんだろうな）

　ジャベールは普通に朱夏の才を買って勧誘したんじゃねえか？　と首を傾げる武炎に、あなたねえ、とため息をつく林明を見やって、朱夏はこっそり苦笑した。

　武炎と燕麗帝は庶民のための政を押し進めていて、宮廷内にはそれをよく思わない貴族や宦官が多くいる。長く宮廷に勤めている林明は、その特権階級の者たちにも顔が利き、不満が噴出しないよううまく立ち回って橋渡しをしてくれているらしかった。

　さすが林明様だよなあ、と感心しきりの朱夏だったが、林明からもう少し立場を考えろだとか、誰彼構わず信用するなとかお説教されていた武炎が不意にこちらに向き直る。

「あー、分かった分かった。気をつける。……あ、そうだ、朱夏」

「え、なに」

　まさか巻き込まれるのか、お説教は嫌だとちょっと顔をしかめた朱夏に、武炎が苦笑して言う。

「そんな警戒すんなって。いいもんやるから口開けろ。ほら、あー」

「あー？」

　ぱかりと手本のように口を開いてみせる武炎につられて、朱夏もぱかりとやる。すると、手にしていた綺麗な小箱を開けた武炎が、朱夏の口の中にぽんとなにかを放り込んだ。

「ん？　あ、甘い！　干菓子？」

　放り込まれたのはどうやら軟落甘《なんらくかん》らしく、口の中にさらりとした甘さが広がる。

　美味しいけどなんで、と口をもごもごさせながら首を傾げた朱夏に、武炎がニッと笑って言った。

「お前、宦官たちに俺のこと悪く言われて、怒ってくれたんだってな？」

「……っ、なんで……」

　目を瞠った朱夏に、だから聞いたんだってと笑って、武炎は朱夏の目を覗き込んできた。

「撤回しろ、さもなきゃ俺にそっくりそのまま報告するって啖呵《たんか》切ったたって？　よくそんな危ない橋渡ったたな」

「……だって、武炎のことよく知りもしないのに悪く言うから」

彼らは知らない。

武炎が、どれほどこの国のために心を砕いているか。

どれほど身を削って政務に取り組んでいるか。

「知ってたら絶対あんなこと言えないはずなのに勝手なことばっか言うから……、それでその、ちょっと悔しくなっただけ」

ただの陰口なのだから、わざわざ撤回を求めて楯突いたりせず、黙って聞き流せばよかったのかもしれない。改めて思い返すと、まるで武炎のために怒ったみたいな自分の行動が少し気恥ずかしくなる。


朱夏は照れ隠しにぷいっと顔を背けると、そっぽを向いたまま言った。

「……お菓子ありがと、御馳走様。オレ、お茶淹《い》れてくる」

林明が来たということは、政務についてまた話し合うのだろう。

お茶を用意するため、扉に向かおうとした朱夏だったが、それより早く、頬がすっぽりとなにかに包まれる。大きくてあたたかいそれは、武炎の両手だった。

「⁉　な、なに……」

「おっまえ、ほんっと可愛いな、朱夏！」

ニパッと笑った武炎が、朱夏の頬をもにもにと揉みながら頷く。

「そっかそっか。悔しいって思ってくれたのか。ありがとな、朱夏」

「違……っ！　ちょっ、触んな！」

やめろ離せと抵抗する朱夏だが、武炎はお構いなしに朱夏の頬を堪能し続ける。

「あー、癒される。荒んだ連中の相手した後だと特に効くな、朱夏のもちもちは」

まるで温泉にでも浸かっているかのような声を上げ、ご満悦で頬を揉む武炎の手をどうにか払いのけた朱夏は、毛を逆立てる猫のごとく武炎から距離を取って抗議した。

「こ、の……っ！　勝手に触んなっていつも言ってるだろ！　大体なんだよ、オレのもちもちって！　ただのほっぺただろ！」

「いや、朱夏のはそんじょそこらのもちもちじゃないんだって。こうな、手に吸いつくような感触で、やわらかいのに弾力があってな」

「感想は求めてない！」

シャーッと威嚇する朱夏に、武炎がもう一個食うか？　と軟落甘をつまんで差し出してくる。箱ごと寄越せと引ったくってボリボリ貪《むさぼ》り始めた朱夏に苦笑しつつ、林明が少し呆れたように言った。

「武炎、あなた、自分のために怒ってくれた朱夏くんにお礼したかったのでは？　怒らせてどうするんです」

「まあ、お菓子は気に入ったみたいだし、いいんじゃないですか？」

笑った雷雷が、一個くれと朱夏にねだる。一個だけな、と食い意地全開で箱を差し出して、朱夏はわざと素っ気なく言った。

「いーや、むしろほっぺた揉まれた分、追加でなんかもらわないと」

「追加かあ」

ほとんど冗談だったのに、朱夏の言葉を聞いた武炎がうーんと唸り出す。

朱夏は慌てて武炎に言った。

「え、あの、冗談だから。いいよもう。お菓子もらったし」

「でも、確かに朱夏のもちもち堪能しといて、菓子だけってのもな」

「……いや、なんでオレのほっぺたにそんな価値見い出してんの？」

　思わず平べったい目になった朱夏に、林明がくすくす笑って言う。

「頰を揉まれるだけで武炎になにかしてもらえるなら、私も是非揉まれたいですねえ」

「林明様の頰はあんまもちもちしてなさそうですけどね。癒されるっていうか、かえってこっちが緊張しそうだし」

　からかうように笑う雷雷に、君なかなか言いますね、と林明が細い目をますます細める。

（……なにこの不毛なほっぺた談義）

　もう放っておいて仕事に戻ろう、お茶淹れてこようと思った朱夏だったが、そこで武炎がなにか思いついたように声を上げる。

「よし、じゃあ出かけるか！」

「え？」

「雷雷、留守は頼んだ。行くぞ、朱夏！」

　ニカッと笑った武炎が大股で廊下へと向かう。朱夏は戸惑いつつ、林明を見やって言った。

「出かけるって、どこに？　それに、林明様と話があるんじゃ……」

「いえ、私はこの資料を返しに来ただけですよ。蓮でも咲いていれば長居するところですが、咲くのは龍船節の後でしょうしね」

　抱えていた資料を雷雷に渡しながら、こちらの庭の蓮は鳳凰宮で一番見応えがあるんですよ、と林明がにっこり笑って言う。

「行ってらっしゃい。ああ、ですが羽目を外しすぎないように」

「羽目？」

　一体なんの話かと困惑する朱夏を、すでに廊下に出た武炎がせかす。

「朱夏、早く来いって。置いてくぞ」

「ちょ……っ、ちょっと待って！　雷雷、これ預かってて。あ、残り食べるなよ！」

帰ってきたらオレが食べるんだからと念押しして軟落甘の小箱を預けた朱夏に、雷雷が苦笑して頷く。

「はいはい、食べないって」

「賑やかですねえ」

のんびりと言う林明の声を背に、朱夏は先を行く緋色の衣を追いかけた。

先ほどとは打って変わって、軽やかな足音を響かせながら。

シャラン、と小さな鈴付きの扇をひらめかせながら、目の前で優雅な舞を披露する美女に、朱夏はぽかんと瞬きを繰り返した。なにこれ。

「朱夏様。さ、どうぞ」

「あ……！　ど、どうも」

横に座っていた芸妓が、茫然自失している朱夏にくすくす笑いながら酒を勧めてくる。

たおやかな手つきで、甘い芳香を漂わせる酒を杯に注がれて、朱夏はカッチコチに緊張してしまった。……いや、本当になんだこれ。

背筋をピンと伸ばし、端座して杯を受ける朱夏の隣に座った武炎が、苦笑を零して言う。

「そんなに緊張するなって、朱夏。別に改まった席ってわけでもないんだからな」

「…………ハイ」

笑いかけてくる武炎を、じとっとした目で見据えつつ、朱夏はどうにか頷く。

（無茶言うなっての！　こんなの緊張するに決まってるだろ！）

後宮を出た武炎が朱夏を連れてきたのは、帝都にある妓楼《ぎろう》だった。

基本的に後宮は出入りを厳しく制限されているが、長である武炎は融通が利くらしい。牛車に乗せられた朱夏は武炎の供と見なされ、あっさりと後宮を出ることができた。

ゆったりと進む牛車にしばらく揺られて到着したのは、華やかな建物が並ぶ、いわゆる花街だった。牛車がとまったのは、その中でも一際壮麗なこの店の前で、どうやらここは武炎の行きつけらしい。

ようこそおいで下さいましたと、あっという間に広い部屋に通され、ふわふわひらひらの衣装を纏った美女たちが出てきたかと思ったら、いきなり宴《うたげ》が始まったのだ。

(真っ昼間から宴会って……)

別れ際、林明が羽目を外しすぎないようにと言っていたのはこういうことだったのか。

お菓子だけでは足りないと朱夏が冗談を言ったからとはいえ、仕事を放り出してこんなところに遊びに来るなんて、正直ちょっと武炎に幻滅してしまう。

(武炎は他の貴族とは違うって思ってたのにな)

なんだか裏切られた気分で、朱夏は杯を呷った。

だが、妓楼に来るのも初めてなら酒を呑むのも初めての朱夏は、カッと喉を焼く酒精に咽《む》せてしまう。

「……っ、けほっ、なにこれ……っ」

この間の宴会では、年嵩の仲間たちがいかにも美味そうに酒を呑んでいたから、てっきりもっと美味しいのかと思っていた。

こんなに喉にくる飲み物のなにが美味しいんだろうと、涙目になりながらけほけほと咽せ込む朱夏の前に、誰かが膝をつく。

「あらあら、大丈夫?」

「あ、大丈夫で……」

涙を滲ませながら顔を上げた朱夏は、目の前にあった美しい顔に固まってしまった。

(……うっわ、美人)

「お酒は初めて？　まだお若いみたいだし、甘いものの方がいいかしら？」

優しく朱夏の背をさすった美女が、誰かお願い、と周囲の者に頼む。

先ほどまで朱夏たちの前で見事な舞を披露していた彼女は、この店の看板芸妓だ。名は翠月《すいげつ》といい、武炎の馴染みだという話だった。

「悪いな、翠月。朱夏、ほら、あー」

お茶と共に運ばれてきた焼き菓子を受け取った武炎が、適当につまんだ一枚を朱夏の口にぽんと放り込んでくる。まあ、と目を丸くしてくすくす笑う芸妓たちに、朱夏はカアッと頬を赤く染めた。

似たようなことをされたとはいえ、先ほどとは違って今は人目もある。綺麗なお姉さんたちの前で子供扱いされるなんて、男の沽券《こけん》に関わる。

「い……っ、いきなりなにするんだよ！」

「そうですわよ、武炎様」

憤慨した朱夏に同意してくれたのは、翠月だった。加勢してくれるのかと一瞬嬉しくなった朱夏だったが、流し目で武炎を軽く睨む翠月の言葉は、予想の斜め上を行くものだった。

「私が朱夏様に食べさせて差し上げようと思っていましたのに、ずるいですわ」

(……加勢？)

一緒にひどいと怒ってくれるのだろうとばかり思っていた朱夏は、似て非なる言葉に首を傾げてしまった。

艶っぽい視線で咎められた武炎が、杯を傾けながら苦笑する。

「だろうと思った。駄目だぞ、翠月。今日は朱夏の顔を見せに来ただけだから、手を出すなよ」

「顔を見せに……？　え、オレのことは仕事放り出す口実だったんじゃ……」

てっきり仕事を放棄して遊びに来たのだろうとばかり思っていた朱夏が驚いて聞くと、武炎が大仰《おおぎょう》に嘆く。

「おいおい、信用ないな。まあ、お前に追加で礼をしたかったのもあるが、これも仕事の一環だぞ。

翠月たちには情報収集を頼んでるんだ」

「情報収集？」

一体どういうことなのか。瞬きした朱夏に、翠月がフフッと笑って告げる。

「このお店は帝都でも随一の妓楼でね。毎晩宮廷のお役人様たちが羽を伸ばしにいらっしゃるの。お酒が回ると皆さん、口が軽くなるでしょう？　私たちはそのお話し相手をして差し上げて、もし悪巧みをされてらっしゃる方がいたら、こっそり武炎様にお伝えしているのよ」

やわらかな物言いだが、要するに翠月たちは武炎の密偵ということだ。まさかここにいる美女たちがそんな役目を担っているなんてと驚く朱夏に、武炎が杯を手に付け加える。

「もちろん、酒の席で気が大きくなってるだけってこともあるから、報告のあった全員を処罰するわけじゃないがな。だが、叛意の芽は早めに把握しておくに越したことはないし、改善して防げる余地があるものは手を打つ。あくまでもそのための情報収集だ」

「宮廷内のことだけじゃないわ。私のご贔屓《ひいき》にはお役人様だけじゃなく、商家の方も大勢いらっしゃるの。そういった方が教えて下さる他国の情勢や、市場の流れなんかも逐一武炎様のお耳に入れているのよ。だから、武炎様が今日朱夏様をお連れになったのは、今後連絡役をお願いするためね」

先ほど武炎が顔を見せに来たと言っていたのは、そういう意味だったのだろう。

にっこり笑って言い添える翠月に、朱夏は啞然として呟いた。

「オレ、てっきり武炎はここで酒池肉林《しゅちにくりん》三昧するつもりなんだろうって思ってた……」

「酒池肉林って……、お前なあ」

あんまりじゃねえか、とがっくりうなだれた武炎を、翠月がからかう。

「あらあら。武炎様ったら、よっぽど日頃の行いが悪いのね」

扇で口元を隠して笑う翠月と共に、周囲の芸妓たちもくすくす笑みを零す。

武炎が自棄っぱちのように杯を呷り、仏頂面で呻いた。

「どいつもこいつも寄ってたかって……。大体、俺は酒なんて一滴も呑めないってのに」

「え⁉ だ、だってそれ……」

酒が呑めないというのなら、その手にある杯は一体なんなのか。目を丸くした朱夏に、翠月がにっこり笑って酒器を掲げてみせる。

「これね、甘茶《あまちゃ》」

「あま……」

「こんなにおっかないお顔で実は下戸《げこ》なのよ、武炎様」

ころころと笑う翠月に、武炎が顔は関係ないだろうと唸る。憮然《ぶぜん》とした表情を浮かべる武炎を前に、朱夏は呆気に取られてしまった。

（甘茶……。下戸って……）

あんまりにも意外すぎて、なんだか――。

「……っ、ふはっ、武炎、甘茶って……っ」

込み上げてくる笑いを堪えきれず、朱夏は吹き出してしまった。

だってそんなの、なんだか可愛い。

年上で、当代の皇帝の正室で、武芸にも優れた彼の好物が、酒ではなく甘茶だなんて。

「ちょっ、ちょっと待って、おなか痛い……！」

どうにか笑いを堪えようとしておなかがよじれそうになっている朱夏を、武炎はしばらく呆気に取られたように見ていた。やがて、ニヤッと笑って杯を放り出す。

「おう、笑え笑え。好きなだけ笑え！」

「ふは……っ、やめっ、ちょっ、あははは！」

飛びかかってきた武炎に服の上から脇腹をこれでもかとくすぐられて、朱夏は今度こそ堪えきれずに笑い声を上げる。

まああと驚いたような声を上げる翠月たちをそっちのけでひとしきりくすぐられて、朱夏はあっという間に呼吸困難に陥ってしまった。

「もう無理……っ、無理だって……！」

ぜえはあと息を乱して限界を訴える朱夏をようやく解放して、武炎がフフンと大人げない笑みを浮かべる。

「これに懲《こ》りたら、二度と酒池肉林とか言うなよ」

「もう言わないって。ごめんなさい！」

よし、と頷く武炎の下から這《は》い出た朱夏は、芸妓たちに見られていたことを思い出し、羞恥に頬を紅潮させながらもそもそと乱れた服を直した。

「ひどい目に遭った……」

「ふふ、仲がよろしいのね。後宮でもいつもこんな感じ？」

御髪《おぐし》が、と朱夏の髪を直してくれながら、翠月が微笑む。

「……そんなことないです」

なにかというと頬を揉まれてますとも言えず、ぶすっと膨れっ面で返した朱夏だったが、翠月はすべてお見通しとばかりにフフッと笑って言う。

「……朱夏様にはお話ししておこうかしら。私たちが武炎様に協力しているのはね、以前武炎様に助けていただいたからなの」

周囲の芸妓を見渡して、翠月は静かに続けた。

「数年前まで、この花街はとてもひどい有り様でね。郭夫人の意向で、私たち芸妓の地位は地の底に落とされていた。あの頃、この花街から何十人もの芸妓たちが宮廷に呼ばれたけれど、誰一人として帰ってこなかったわ」

「っ、それって……」

息を吞んだ朱夏に、武炎が短く告げる。

「処刑されたんだ。男を惑わす悪女としてな」

「……ひどい」

自分こそ後宮に男を集めて毎夜酒色に耽《ふけ》っていたというのに、いくらなんでも横暴がすぎる。

唇を引き結んだ朱夏にそっと微笑んで、翠月が再び口を開く。

「私たちも宮廷に呼ばれたわ。でも武炎様がひと芝居打って、宮廷に向かう途中でさらわれたことにして、匿《かくま》って下さったの」

「……この店の主人とは、昔から知り合いでな。芸妓たちを助けてくれと泣きつかれたんだ。俺はその頼みを聞いただけだ」

そう言う武炎だが、明るみに出れば反逆罪に問われかねない所行だ。相当な覚悟あってのことだったろうし、当時から郭夫人の悪政に危機感を抱いていていたのだろう。

（武炎は昔から、人助けばっかりしてたんだ）

ありとあらゆる面倒事に首を突っ込むのは、どうやら昔から変わらないらしい。

厄介この上ないと思っていたはずなのに、何故かそれを嬉しく思っている自分に戸惑う朱夏に、周囲の芸妓たちが教えてくれる。

「その時から皆で、いつか武炎様に恩返ししようって話していたんです。そうしたら、次の皇帝陛下になられたのが武炎様のお母様でしょう？　もうびっくりして」

「でも、それなら私たちにもできることがあるかって。ね？」

それで、役人や商人たちから得た情報を武炎へ伝えることにしたのだろう。

頷き合う芸妓たちに、武炎が苦笑を零す。

「お前たちのおかげで、いつも助かってる。だが、くれぐれも無茶はするなよ。俺は噂話を聞けるだけでもありがたいんだからな」

釘を刺す武炎に、芸妓たちがハーイと声を揃えて返事をする。

返事はいいんだがなあ、とぼやきつつも、きゃいきゃい楽しそうに笑う芸妓たちをあたたかい目で見守る武炎を、朱夏はじっと見つめた。

（……武炎と燕麗陛下のおかげで、世の中がよく

なりつつある)

　確かに、皇帝が代替わりしてから、町の様子は少しずつ変わってきた。失業者は職を斡旋《あっせん》してもらえるようになったし、税金が軽くなり、農民の生活も楽になったと聞いたことがある。

　それでも貧しい者はまだ大勢いて、朱夏はその人たちを助けたくて義賊を続けていた。

　どうせまたすぐに、貴族のせいで庶民が苦しむ時代に逆戻りするに決まっている。誰が皇帝であろうが、世の中が大きく変わるわけはない。そう思って。

　――けれど。

(武炎は本気で、この辛国を変えようとしている。燕麗陛下を支えることで、オレたち庶民を救おうとしている)

　ここにいる芸妓たちだけじゃない。直接手を差し伸べられていなくとも、間接的に武炎に救われた者はたくさんいるし、彼はこれからも大勢の人を救うだろう。

　――彼の母が、皇帝である限り。

(オレは……)

　俯いて唇を噛んだ朱夏だったが、その時、翠月が思い出したように口を開いて武炎に告げる。

「そういえば、武炎様が以前気にしてらしたあの義賊、最近は出ていないようですわ」

「……っ」

　唐突に身に覚えのある話題が出て、朱夏はぎくりと身を強ばらせた。

(それって……)

　ドッと心臓が跳ね上がり、一気に血の気が引いていく。緊張のあまり顔を上げられない朱夏に気づく様子もなく、武炎が翠月に答える声がした。

「そうか。特に捕らえられたって報告も上がってないんだが……。またいつ現れるか分からないし、なにか噂があったら教えてくれ」

「ええ、分かりました。それから、これは先日西方の国から来た旅の方から聞いたお話ですけれど……」

扇で口元を隠した翠月が、声を潜めて武炎に耳打ちする。

どうやら話題が他に移ったらしいと分かっても、朱夏はなかなか顔を上げることができなかった。

(大丈夫……。オレがその義賊だなんて武炎に分かるはずがないし、ましてやオレが玉璽を狙ってるなんて気づかれるわけがない)

まだドキドキと早鐘を打つ心臓を、こっそり衣の上から押さえていた朱夏に、芸妓たちが話しかけてくる。

「それで、朱夏様は今夜のお相手にどの子をお選びになりますか?」

「え……、……えっ⁉」

思わぬ問いかけに、朱夏は顔を真っ赤に染めてしまった。

(お相手って……、お相手⁉)

「い、いえ、私はそういうつもりは……」

狼狽えた朱夏を見て、芸妓たちがきゃっきゃと歓声を上げる。

「まあ、お可愛らしいこと。ご遠慮なさらないで。武炎様はいつも部下の方がこちらで朝まで遊んで行かれるよう、お取り計らい下さいますから」

「朱夏様も、そのおつもりで来られたのでしょう?」

「そ……っ、そんなつもりはないです!」

行き先も告げられず、ただついて来いとここに連れてこられたのだ。そんなつもりもなにもあるわけがない。

朱夏は端座したまま、思いきり身を引いて言った。

「あのっ、私はそういうのはその、ま、まだ早いと思うので……っ」

粒揃いの美女を選り取り見取りなんて、贅沢な話なのかもしれない。かもしれないが、色事どころか恋愛のれの字も知らない朱夏にそんな酒池肉林は早すぎる。

だというのに、朱夏が慌てれば慌てるほど、芸妓たちは何故か喜んでにこにこと迫ってくる。

「やだ、朱夏様ったら本当に可愛い」

「大丈夫ですよ、朱夏様。私にお任せ下されば、とってもいい夢をお約束致しますわ」

「あら、抜け駆けは駄目よ。朱夏様、私はいかがですか？」

「ええと、あの……っ、その……っ」

ふわふわひらひらの衣を身に纏った、やたらいい匂いのする綺麗なお姉さんたちに取り囲まれて、朱夏は心の中で悲鳴を上げた。なにこれ！

「……っと、こらこら、あんまりうちのをいじめないでくれ」

と、苦笑交じりの声と共に、武炎が芸妓たちをたしなめる。

「朱夏、大丈夫か？」

芸妓たちの間から顔を出した武炎に、こっちへ来いと手を差し伸ばされて、朱夏はひしっとその手にしがみついた。

「ぶ、武炎ー！」

正直助かった。どうしていいか分からなかったと瞳を潤《うる》ませた朱夏に、武炎は一瞬驚いたように目を瞠り、ふっと笑みを零した。

「ったく、仕方ねえな」

朱夏を引き寄せた武炎が、むにむにと指の腹で朱夏の頬をつまむ。親密な仕草に一瞬息を呑んだ朱夏だったが、武炎は目尻に優しい皺《しわ》を寄せると、ぱっと翠月を振り返って告げた。

「悪いな、翠月。こいつにはまだ早かったみたいだから、今日はこれで帰るわ」

「あらあら」

扇で口元を隠した翠月が、軽く目を瞠る。えー、と不満そうな声を上げる他の芸妓たちを、こら、とやんわりたしなめて、翠月はにっこり微笑んだ。

「随分可愛がってらっしゃるのね。なんだか羨ましいわ」

「妬いたか？」

「ええ、とっても」

くすくす笑いながら肯定した翠月が、からかうように目を細めて続ける。

「でも一番不愉快なのは、武炎様がご自分のお気持ちを確かめるために、私たちを利用なさったことかしらね」

「……っ」

「まだ早い、ではなく、武炎様が私たちには渡したくないと思われたのではなくて？」

虚を突かれたように目を見開いた武炎が、決まり悪そうに視線を泳がせて唸る。

「……悪かった」

「あら素直。もしかして、今の今まで無自覚でいらしたの？」

「勘弁してくれ……」

呻いた武炎に、フフッと翠月が笑みを浮かべる。

朱夏は話についていけず、なんの話だろうと二人の様子を窺うことしかできなかった。

（武炎は分かってるみたいだけど……、それってやっぱり付き合いが長いからなんだろうな）

なんとなく疎外感を覚えた朱夏だが、翠月はパチリと扇を閉じると、にこやかだった表情を改め、じっと武炎を見据えて言った。

「……武炎様、お帰りの際はどうぞ、お足元にくれぐれもお気をつけになって。月は夜道を照らしてくれますが、それが進むべき道とは限りませんから」

「……ああ」

翠月を見つめ返して、武炎が頷く。

朱夏は、二人の会話の意味を量りかねて内心首を傾げた。

（月？　夜道って、まだ昼だけど……）

一体どういう意味だろうかと考え込みかけた朱

夏だったが、それより早く武炎が行くぞ、と部屋を出る。朱夏は慌てて拱手して、芸妓たちに別れを告げた。

「あの、お、お邪魔しました……！」

「またいらしてね、朱夏様」

「今度は朝まで遊びましょうね」

くすくす笑った芸妓たちが、ひらひらと手を振ってくれる。朱夏はたじろぎつつも、なんとか愛想笑いを返し、急いで武炎の後を追った。

「武炎、あの、ごめんなさい」

「ん？　なにがだ？」

見送りに出てきた店の主人に挨拶を終えた武炎が、牛車に乗り込む。行きと同じように隣に座るよう促されて、朱夏はまだ慣れない牛車におっかなびっくり乗り込みつつ言った。

「だって、せっかく恋人に会いに来たのに、オレのせいですぐ帰ることになって……」

「恋人？　誰がだ？」

「え？　誰って、翠月さん」

昔馴染みだと言っていたし、二人の間には親密な雰囲気があった。翠月は売れっ子芸妓のようだが、彼女にとって武炎が他の客とは違う、特別な相手であることは誰の目にも明らかだ。

（美男美女で、ものすごくお似合いだったし）

武炎も翠月も、どちらもいい男といい女すぎて、正直他の人では釣り合いが取れないいんじゃないだろうか。

「さっきもなんだか怒ってたみたいだし、翠月さん、オレがもう少し物慣れてたら武炎も長居できたのにって思ってたんじゃないのか？　妬いたって言ってたし、オレ本当にお邪魔虫だったよな」

面倒見のいい武炎は朱夏のことを放っておけなかったのだろうが、翠月からしてみれば、恋人である自分より部下のことを優先するなんて面白くないに決まっている。

揺れる牛車の中、嫉妬されても仕方がないよなと肩を落とした朱夏だったが、武炎は慌てた様子でそれを否定する。

「いや、あいつはそういうんじゃ……！」

「武炎？」

「……あー、なに焦ってんだ、俺は」

進み出した牛車の中、ぐしゃぐしゃと片手で髪を掻き混ぜた武炎が唸る。

「……あいつとは、そういう仲じゃない。そう思われてた方がなにかと都合がいいから、普段はあえてそれっぽく振る舞ってるし、勘違いされても特に誤解を解いたりしないが」

「え……、そうなんだ？」

てっきり二人は恋人同士なのだとばかり思っていた。

意外な事実に少し驚いた朱夏は、そこでふと引っかかりを覚える。

（ん？　勘違いされても誤解を解かないって……、オレには本当のこと教えてるけどいいのか？）

それとも、部下として真実を知っておけということなのだろうか。

それなら胸のうちにとどめておかないと、と思った朱夏をよそに、武炎がぶつぶつと呻く。

「大体にして、あいつが羨ましいって言ったのだって、朱夏が俺に懐いてんのが羨ましいって意味だっつの。どう考えても朱夏、あいつの好みど真ん中だし……」

「え？　ごめん、なんて？」

自分の名前が出た気がしたが、外の喧噪でよく聞き取れなかった。

「？　武炎？」

聞き返した朱夏を、武炎がじっと見つめてくる。

「……渡したくない、か。確かにな」

ぼそりと呟いた武炎が、ふっと目を細める。

少し苦笑交じりの、けれどどこまでも優しくやわらかい視線に息を呑んだ朱夏だったが、一瞬後、武炎はすぐにニッと破顔して手を伸ばしてくる。

大きな手にまたしても両頰をもにもに揉まれて、朱夏は仏頂面を浮かべた。

「……なにすんだよ」

「いやあ、朱夏のもちもちはやっぱ他の誰にも渡せないよなと思って」

「は⁉　そもそもあんたのもんじゃないだろ！」

「お、可愛くないこと言うのはこの口か？」

ニヤニヤとからかうように笑った武炎が、むにー、と朱夏の頰を引っ張る。

「やめ……っ、ひゃなせ！」

「おー、伸びる伸びる」

「ひゃめろってば！」

カラカラと笑う武炎に抗議しつつ、朱夏はなんとかその手を払おうと暴れ出す。

狭い牛車の中、ドタバタと攻防を繰り広げ出した二人に抗議するように、ンモーと一声、水牛がうんざりしたような鳴き声を上げた。


夜の帳が下りた後宮は、常の忙しさが嘘のように静まりかえっている。

シャワシャワと蛙の鳴き声が響く暗闇の中、中庭の茂みに潜んだ朱夏は、息を殺して辺りの様子を窺った。

（……よし、誰もいないな。巡回の兵もまだしばらくはこっちに来ないはずだから、今のうちに裏に回らないと）

頭の中に建物の位置関係を思い浮かべながら、宝物庫を目指す。

幸い、ここは武炎の私室からほど近い。万が一誰かに見咎められたら失せ物を探していると言い訳しようと考えながら、朱夏は慎重に足を進めた。

朱夏が武炎に連れられて翠月の元を訪れた日から、十数日が過ぎた。

忙しい日々はあれからも続いており、朱夏は雷雷と共に侍従の仕事に没頭している。翠月のところにも二、三度手紙を届けに行っていたが、その度に武炎からは早く帰ってくるよう釘を刺されていた。

『悪いが返事もらったら、まっすぐ帰ってきてくれ。……くれぐれも翠月の誘いには乗るなよ』

引きとめられそうになったら俺の名前を出せと言う武炎は、どうやら朱夏が翠月と親しくなることを警戒しているらしい。

（やっぱり恋人同士なんじゃないの、あの二人）

昨日朱夏が翠月に届けた手紙には、綺麗な釵の贈り物もついていた。朱夏に毎回まっすぐ帰ってくるよう言うのも、翠月に悪い虫がつかないようにという配慮なのだろうし、やはり二人は恋人同士のように思える。

あれで恋人同士じゃないなんて変なのと思いつつ、朱夏は小さくため息をついた。

――頭の中に浮かぶのは、ここ数日ずっと思い悩んでいる、答えの出ない問いだ。

（……オレが玉璽を盗んだら、武炎はどうなるんだろう）

朱夏に玉璽を盗ませようとしている者は、玉璽が手に入ったら燕麗帝を皇帝の座から引きずり下ろすつもりだろう。となれば、燕麗帝の腹心である武炎も無事で済むはずがない。

（きっと宮廷から追い出されるだろうし、もしかしたら最悪、死罪ってことに……）

地位を奪われた彼に待ち受ける未来を想像して、朱夏は顔を青ざめさせた。

そんなことにはならないと思いたいけれど、相手は帝位を狙っているのだ。なにをするか分からない。

自分のせいで武炎が政治の表舞台から蹴落とされ、それどころか命の危険に晒されるかもしれない――。

（でも、オレが玉璽を盗み出さないと、義父さんと義母さんが……）

ぐっと唇を引き結んで、朱夏は拳を握りしめた。

朱夏が今夜、宝物庫に忍び込もうと決めたのは、昼間にあるものが届いたからだった。

『朱夏、これ朱夏に渡してくれって』

雷雷がそう言って持ってきた巾着の中を見て、朱夏はあやうく大声を出しそうになった。

そこには、小さな鑿が入っていたのだ。使い込まれたその鑿は、今まで幾度となく朱夏が手入れをしてきた、義父の愛用のもので——、そして一緒に入っていた小さな木片には、日付が記されていた。

一ヶ月半後に迫った、龍船節の日付が。

『これ、誰から……』

真っ青な顔で聞いた朱夏に、雷雷は少し驚いた様子で教えてくれた。

『通りすがりの宦官だったけど……。大丈夫か、朱夏。なんか顔真っ青だぞ』

心配してくれる雷雷に、朱夏は大丈夫と返すので精一杯だった。


(……監視してるぞってことだ)

そして、いつでも養父母に危害を加えられるという脅しも込めているのだろう。

期限までに盗み出さなければどうなるか、分かっているよな、と。

(早く、手がかりを摑まないと……!)

これ以上二の足を踏んでいる暇はないと焦った朱夏は、とにかく玉璽が隠されていそうな場所を片っ端から探るしかないと、宝物庫に忍び込むことにした。

宝物庫に玉璽がある確証は得られていないが、猿面の男に告げられた期日までは残り半分しかない。あんな脅しを送りつけられた以上、もう悠長なことは言っていられない。

それに、これ以上長く武炎のそばにいたら、決心が鈍ってしまうかもしれない。

彼を裏切りたくないと、その思いがこれ以上膨れ上がる前に、自分は為すべきことをしなければならない――。

(……オレはそのために、この後宮に送り込まれたんだから)

軽やかに笑う男の影を頭の中から追い払って、朱夏は顔を上げた。物陰からそっと辺りを窺い、小走りに建物へと近寄る。

この先には、昼夜を問わず見張りが立っている。その見張りをやり過ごして宝物庫に近づくため、朱夏が密かに床下に潜り込もうとした、――その時だった。

「な……っ!　ぐぅう……っ!」

宝物庫のある方向から、驚いたような声に続いてくぐもった呻きが聞こえてくる。

思わずびくっと肩を震わせた朱夏は、その拍子に頭を強《したた》かに打ちつけてしまった。

「……っ!」

痛みに悲鳴を上げかけて、慌てて声を呑み込む。しかし次の瞬間、先ほど声のした方でドサッと重いものが落ちる音がしたかと思うと、朱夏の背後にトッと誰かが降り立つ気配がした。

「っ!」

「…………」

振り返った朱夏の目に映ったのは、真っ黒な衣装を身に纏った男だった。黒い布で覆い隠した口元から、低い呟きが漏れる。

「……こそ泥か。間の悪い己の不運を恨め」

「なに……、っ!」

何者だと問おうとした朱夏は、一気に距離を詰めた男の手で口を塞《ふさ》がれ、反射的に腰に帯びていた短剣を引き抜いた。ガッと交わった刀身が、月明かりに光る。

「多少は腕が立つようだな」

「……っ!　誰か!　誰か来てくれ!」

バッと後ろに跳びすさって男から距離を取り、朱夏は咄嗟に叫んだ。

(こいつ……、刺客だ!)

黒ずくめの男の手に握られているのは、通常よりも随分と細身の剣だった。おそらく暗器と呼ばれる類いのものだろう。

常人ではない身のこなしに加えて、朱夏をこそ泥と言っていたことからも分かる。この男の狙いは盗みではなく、――殺しだ。

（まともに戦って勝てる相手じゃない……！　人を呼ばないと！）

刺客なら、人が集まれば失敗を悟って逃げるはずだ。

玉璽を盗むという目的はいったん置いておいて、身の安全を図ろうとした朱夏だったが、男はフンと鼻先で笑うと、くるりと暗器を回して言う。

「無駄だ。近くの衛兵はあらかた殺した」

「……！」

とすると、先ほどの呻き声もそうだったのだろう。朱夏に仕掛けたように、口を塞いで殺したに違いない。

「くそ……！　誰か！　誰か助け……、っ！」

「……黙れ」

それでも叫べば誰かに声が届くはず、と声を張り上げた朱夏だったが、眉をひそめた男がトッと地面を蹴って距離を詰めてくる。振り下ろされた刃を必死にかわした朱夏は、勢いあまってその場に尻餅をついてしまった。

「あ……！　……っ！」

すかさず朱夏の腹に馬乗りになった男が、朱夏の口を片手で押さえ込む。

「死ね！」

男の肩越しに、刃の切っ先がギラリと光った。

「……っ！」

（武炎……！）

ぎゅっと目を瞑った朱夏の瞼に、快活に笑う男の顔がよぎった、次の刹那。

「朱夏！」

鋭い叫びが宵闇を裂くと同時に、朱夏の上からフッと重みが消える。

一拍遅れて、ヒュンッとなにかが空気を切り裂く音がする。朱夏の上、男のいた場所を正確に貫いたそれは、武炎の青龍刀の柄に仕込まれていたあの小刀で――。

「立て、朱夏！」

「っ！」

聞こえてきた声に、朱夏は弾かれたように立ち上がった。すぐに駆けつけた男が、朱夏を己の背に庇う。

真っ白な寝間着姿の武炎だった。

「武炎！　オレ……っ」

「下がってろ」

唸るように言った武炎が、手にしていた青龍刀を構える。

「……何者だ」

低い誰何《すいか》の声は、怒りに満ちていた。

「陛下を狙っての所行か。誰の指示だ」

険しい声にたじろぎつつ、男が暗器をくるりと持ち替えて呟く。

「……正室か。お前に用はない」

「逃がすか！」

駆け出そうとした男に、カッと目を見開いた武炎が吼《ほ》える。ブンッと足元を狙って振り下ろされた一閃《いっせん》を避けた男が、チッと舌打ちして唸った。

「厄介な……！」

武炎の苛烈な攻撃をかわしつつ、男がどうにか逃げようとする。その時、武炎と朱夏の背後から複数の兵が駆け寄ってきた。

「武炎様！」

「遅い！　取り押さえろ！」

叱咤した武炎が、兵たちに命じる。ハッと応じた兵たちに、あっという間に取り囲まれた男が、くっと眉根を寄せて呻いた。

「不運は俺の方だったか……」

言うなり得物を放り出した男が、その場に膝をつく。

「く……っ、ぐ、う……！」

次の瞬間、胸元を掻きむしって苦しみ出した男に、武炎がすかさず叫んだ。

「毒だ！　吐かせろ！」

慌てて駆け寄った兵が、男の口元の覆いを剝ぐ。しかし、現れた顔は夜目にも分かるほど真っ青で、その口角から泡が溢れていて――。

「……っ」

意識を失った男の顔を見た途端、朱夏の脳裏に幼い頃の記憶が甦る。

――毒を呷って命を絶った、父の死に顔が。

「ぁ……」

「水を！　侍医を呼べ！　っ、朱夏!?」

兵に指示を飛ばしながら男に駆け寄ろうとした武炎が、己の背後でがくっと膝をついた朱夏に気づき、慌てて駆け戻ってくる。

「どうした!?」

「な……、んでも、な……」

立たなくちゃ、心配ないと答えなくちゃと思うのに、焦れば焦るほど足が震え、声が掠《かす》れてしまう。血の気の引いた指先をぎゅっと握りしめる朱夏に、武炎が問いかけてきた。

「そんなわけないだろう！　どこか怪我したのか!?」

「ちが……」

やっとのことで首を横に振って、朱夏はなんとか武炎に告げる。

「オレの……、オレの父さん、毒で……」

「……っ、分かった。言わなくていい」

その一言でおおよそのことを察したのだろう。さっと顔を曇らせた武炎が、朱夏を抱きしめて視界を遮る。

刺客の姿が見えなくなり、ようやくほっと息をついた朱夏を抱いた武炎の元に、兵の一人が駆け寄ってきた。

「武炎様、申し訳ありません！　すでに手遅れでした！」

「……そうか。陛下の警護を固めろ」

「武炎！」

　武炎が指示を出すと同時に、先ほど兵たちが来た方向から林明が駆けてくる。

「何事ですか⁉」

　どうやら騒ぎに気づいて駆けつけてきたらしい。息を弾ませる彼に、武炎が手短に答えた。

「また賊だ。詳しいことは兵に聞け。……朱夏、俺に摑まれ」

　朱夏の腕を自分の首に回して促した武炎が、そのまま朱夏を横抱きにしようとする。

　朱夏は慌てて首を横に振って言った。

「だ、大丈夫。もう落ち着いたから、……っ」

　だが、立ち上がろうとするも、まるで足に力が入らない。

「あ……、あれ？　おかしいな、はは……」

　力なく笑いながら、何度も立とうとしては失敗し、その度に焦りを募らせる朱夏に、武炎がやんわりと言った。

「朱夏。しゅーか。いいから、今は俺に頼れ」

「……ごめん」

　こんなことで迷惑をかけるなんて、自分が情けない。肩を落とした朱夏だが、武炎はやわらかな声のまま苦笑して言う。

「謝るようなことじゃないだろ。気にするな」

　朱夏の膝裏に手を差し込んだ武炎が、よっと一声上げて立ち上がる。横抱きにされた朱夏に、林明が気遣わしげに声をかけてきた。

「朱夏くん、大丈夫ですか？　随分顔色が悪いようですが……」

「触るな」

　そっと手を伸ばしてきた林明を、武炎が身をよじって遮る。常の林明に対するものとはまるで違う頑なな声と態度に、朱夏は驚いて目を瞬いた。

林明もまた、虚を突かれたように黙り込む。

「……悪い。俺も少し気が立ってるみたいだ」

ややあって詫びた武炎に、林明が頷く。

「どうやらそのようですね。あとはお任せ下さい。朝までにはいつものあなたに戻って下さいね」

「ああ。……報告は明日聞く」

「ええ、伺います」

林明に頷いた武炎が、部下に自分の青龍刀を頼んで朱夏に声をかけてくる。

「朱夏、行くぞ」

「う……、うん」

ゆっくりと歩き出した武炎の腕の中、ぎこちなく頷いて、朱夏はぎゅっとその肩にしがみついた。

――風に流れてきた雲が、夜空の月を覆い隠す。

薄闇の中、それでも朱夏を抱いた武炎の足取りに迷いはなかった。


辿り着いた武炎の部屋の前には、いつもの見張りの兵たちが立っていた。

朱夏を抱えた武炎に拱手し、サッと扉を開けてくれる。

「ご苦労。……今夜はもう誰も通すな」

は、と頷いた兵たちが扉を閉めたところで、朱夏はおずおずと武炎に声をかけた。

「あの、ありがとう、武炎。もう大丈夫。オレ、自分の部屋に帰るから……」

侍従である朱夏の部屋は、この執務室の近くにある。一人で帰れるから降ろしてくれと、そう続けようとした朱夏だが、武炎はそのまま間続きの寝室に入ってしまう。

「いいから、今日は泊まってけ」

「えっ⁉　泊まってけって、ここに？」

「ああ。多少狭いだろうが、一緒の寝台でも大丈夫だろ。朱夏、ちっこいしな」

「……ちっこくないし！」

すっかりいつもの調子を取り戻してむくれた朱夏に、カラカラと武炎が笑う。

「悪い悪い。けど、今日はもう遅いだろ。それに、今夜は陛下の警護に兵を回す分、他が手薄になる。いくら部屋が近くても、一人で出歩くのは危険だ」

「え……っ、でも、刺客はもう、その……」

死んだし、の一言がどうしても言えず黙り込んだ朱夏を、武炎が自分の寝台に降ろす。そっと朱夏を寝かせた武炎は、むに、と朱夏の頬を指の腹でつまんで言った。

「刺客が一人とは限らないだろ。それに、俺が朱夏で癒されたいんだよ」

「……勝手にすれば」

寝台の布団は乱れており、彼が就寝中だったことが察せられる。きっと朱夏の叫びを聞いて飛び起き、駆けつけてくれたのだろう。

叩き起こしてしまったのは自分だと思うと無下に断ることもできなくて、朱夏は視線を泳がせた。

（それに、できれば今は一人きりになりたくない……）

いい年をして誰かと一緒に眠るなんて子供みたいで少し恥ずかしいが、あんな目に遭ったせいか、このまま武炎と離れるのは心細いと思ってしまう。

おそらく武炎も朱夏の胸の内を見透かして、朱夏が意地を張ったり遠慮したりしないようにと、あえて自分が癒されたいと言ってくれたのだろう。

そう思った朱夏だったが、ごろりと隣に横になった武炎はいかにも幸せそうに目を細めて、朱夏の頬をむにむにと堪能し出す。

（……半分くらい本気だな、こいつ）

自分の頬のなにがそんなに気に入ったのかとちょっと呆れながらも、朱夏は改めて武炎に礼を言った。

「あの、武炎。来てくれてありがとう。それと、迷惑かけてごめん」

「謝るなって言っただろ。お前が無事ならそれでいい。それに、あのままだったら陛下も危なかった。最悪の事態を防げたのは、朱夏のおかげだ」

そう言った武炎が、ふとその手をとめて問いかけてくる。

「そういえば、なんで朱夏はこんな夜中にあんなところにいたんだ？」

「あ……」

思わぬ不意打ちに、朱夏は咄嗟に返す言葉に詰まってしまった。一気に喉がカラカラに干上がったような緊張感を覚えつつ、なんとか用意していた言い訳を告げる。

「その、昼間落とし物をして、それを探しに来て……」

「明かりも持たずにか？」

「つ……っ、月が明るかったから、なくてもいいかなって……」

バクバクと鳴る心臓の音が武炎に聞こえないようにと祈りながら、必死に答える。

苦しいながらも一応は筋の通った言い訳をした朱夏を、武炎はしばらくじっと見つめていた。やがて、納得したように頷く。

「ん、そうか。けど、今日みたいなこともあるからな。今度から探し物は昼間にしろよ」

「……うん」

頷きつつ、朱夏はじくりと痛む胸から目を逸らした。

（嘘ついてごめん、武炎）

嘘どころか、自分は彼を窮地《きゅうち》に追いやろうとしている。そう思うと、心臓がぎゅうっと引き絞られるように痛くなる。

けれど、だからといってどうしようもない。

養父母を盾に取られている以上、自分に選択肢なんてない――。

「……大工だったのは」

と、その時、武炎が話しかけてくる。

じっと朱夏の目を見つめて、武炎は言い直した。

「朱夏が大工だったのは、亡くなった親父さんがそうだったからなのか？」

「あ……、ううん、育ての親が大工なんだ。あ、えっと、今はオレ、縁があって役人の家に引き取られてるんだけど、その前の親」

言葉の途中で、自分がどういう経歴の設定で後宮に入ったのか思い出し、慌てて付け加える。そうか、とあっさり頷いた武炎にほっとして、朱夏は続けた。

「……オレ、元は商家の生まれでさ」

そういえば、武炎に身の上話をするのはこれが初めてだ。朱夏はもぞもぞとおさまりのいい位置を探してから、武炎に打ち明けた。

「父さんも母さんも、すごく優しかった。でも、オレが八歳の時、父さんが商売に失敗してさ。急な増税が何度もあって、頑張ってたけど立ち行かなくなったみたいだった」

「十年前……。郭夫人が後見として出した、あの増税か」

武炎の記憶にも残っているのだろう。苦い表情を浮かべる武炎に頷いて、朱夏は続けた。

「父さんが大変だった時、それまで付き合いのあった貴族は誰も助けてくれなかった。それで、父さんは毒を飲んで……、一人で死んじゃった。母さんも、それからしばらくして変な貴族に言い寄られて、断ったら嫌がらせされて、無理して体壊して……」

「…………」

ぐっと眉間に皺を寄せた武炎が、唇を引き結ぶ。険しいその顔をぼんやり眺めながら、朱夏は呟いた。

「……貴族って、なんなんだろ」

それは、朱夏がずっと抱いていた疑問だった。

「都合のいい時だけ人のこと利用して、思い通りにならなかったら虐《しいた》げて。苦しむのは庶民ばっかりで、あいつらはいつも贅沢し放題だ」

朱夏がこれまで見てきた貴族は皆、庶民を自分と同じ人間だとは思っていないような態度の者ばかりだった。

皆、己の富を肥やすことしか頭にない者ばかりだった。

「なんであいつらには、そんなことしていい権利があるんだろう。なんで、生まれた家が違うだけで食べるものも、着るものも違うんだろう」

「…………」

「……なんで、父さんと母さんは死ななきゃならなかったんだろう」

考えても、考えても分からない。

どうして両親は死んでしまったのか。

どうしてあのまま親子三人、幸せに暮らせなかったのか――。

「……朱夏」

低い声に呼ばれて、朱夏はハッと我に返った。

慌てて顔を上げて謝る。

「あ……、ご、ごめん。オレ、変なこと……、っ！」

しかし最後まで言う前に、朱夏の声はさらりとした白絹に吸い込まれる。

気づけば朱夏は、武炎の手に頭を引き寄せられ、その胸元に顔を埋めていた。

静かな、しかし力強い声が、朱夏の頭上で響く。

「そんな権利、誰にもない」

「…………」

「人の幸せを壊す権利なんて、誰にもない。お前の両親が亡くなったのは、この国が未熟だからだ。……すまない」

苦い謝罪と共に、武炎が朱夏を抱きしめる。

大きく上下する厚い胸板に顔を押しつけられた朱夏は、パチパチと瞬きを繰り返しながら呟いた。

「……どうして武炎が謝るんだよ」

「俺も、貴族の一人だからだ」

「……は」

乾いた笑いが、口から漏れる。小さく息を呑んだ武炎が、朱夏を一層強く抱きしめてきた。

「そういえばそうだった。はは、忘れてた」

「朱夏、笑わなくていい。……怒ってくれ、朱夏」

「なんでだよ。武炎はオレの両親を苦しめた貴族とは違うだろ。大丈夫だよ。オレだって、それが分からないほど子供じゃ……」

「朱夏」

ぎゅっと、背に回された腕に力が籠もる。

聞こえてきた声は、常の快活さが嘘のように歪んでいた。

「苦しめて、すまない」

「……っ」

「お前と、お前の両親が苦しんだのは、俺たち貴族のせいだ。……すまない」

「な、んで」

問い返す声が、震える。

込み上げてくる熱いものを必死に堪えて、朱夏はドンッと武炎の胸元を叩いた。

「なんで、武炎がそんなこと言うんだよ……！　オレが……っ、オレが今までどれだけ……っ」

今まで誰にもぶつけられなかった、ずっと胸の内に抑え込んでいた感情が、一気に膨れ上がる。

それはこの十年間、朱夏が一人で抱え込んでいた——、怒りだった。

「なんで……っ、なんで、父さんのこと助けてくれなかったんだよ！　なんで、母さんのこと追いつめたんだ！」

「……すまない」

「貴族がそんなに偉いのかよ！　オレの……っ、オレの父さんと母さん、返せよ……！」

武炎にぶつけるべき怒りじゃない。

彼はなにも悪くない。

そうと分かっていても、責めずにはいられなかった。

問いただささずには、いられなかった。

——涙を滲ませて喚《わめ》く朱夏を、武炎はじっと抱きしめてくれていた。

どんなに朱夏が胸元を殴っても暴れても離さず、理不尽な罵《のの》りに繰り返し謝ってくれていた。

すまない、俺が全部悪い、本当にすまない、と。

——どれくらい、そうしていただろう。

ようやく落ち着いてきた朱夏は、いつの間にかしがみついていた武炎の胸元からそろりと顔を上げた。

（どうしよう……。オレ、ものすごく八つ当たりした……）

感情に任せてひどいことをしてしまった。

「あの……」

さすがに武炎も怒っているのではないかと思いながら口を開いた朱夏だったが、武炎は優しく目を細めて微笑みかけてくる。

「ん、もう落ち着いたか？」

「……っ、う、うん。もう大丈夫」

怒りの気配など欠片《かけら》もない武炎に、なんだか急に恥ずかしくなってくる。

朱夏は顔を赤くして謝った。

「ごめん、武炎。いっぱいひどいこと言って……。叩いちゃったとこ、痛くない？」

感情が爆発してわけが分からなくなっていたけれど、結構暴れてしまった気がする。朱夏が叩いたくらいで怪我などしないだろうが、それでも痛い思いをさせてしまっただろう。

けれど武炎は、ニッといつもの笑みを浮かべて朱夏を許してくれる。

「気にするな。あれくらいなんともない」

「……本当にごめん」

しゅんと肩を落とした朱夏の背をポンポンと軽く叩いて、武炎が笑う。

「気にするなって言ってるだろ。……俺もな、朱夏の気持ちは少し分かるんだ。俺も、貴族が憎かったからな」

「え……」

武炎の一言に、朱夏は目を瞠った。

「貴族が憎いって……、貴族なのに？」

確かに武炎は貴族らしい性格をしているとは言い難いが、それでも彼は生まれた時から貴族だし、今はその頂点にいると言っても過言ではない。

その彼が貴族が憎いとは、一体どうしてなのか。

不思議に思った朱夏に、武炎が自分の腕を枕にして話し始める。

「俺が子供の頃、母に縁を切られたことは知ってるか？」

「うん。確か、当時の皇帝陛下に見初められて、後宮に入ることになったからって……」

ここに来た初日、上役から聞いた話を思い出す。

武炎は、燕麗帝が後宮に上がる前、前夫との間にもうけた子だ。親子の縁を切ったのは、子連れで皇帝の側室となることが憚られたからだろうかと思った朱夏だったが、武炎は少し苦笑して告げた。

「見初められたというか、まあ政治手腕を買われたんだろうな。母は俺の父が病死した後、その名代として地方の領地を治めていてな。その実績を耳にした宰相が、母を側室に推薦したんだ。その頃、皇帝は代替わりしたばかりで、世の中が荒れててな。どうか力を貸してくれと、皇帝から直々に頼まれたらしい」

「そうだったんだ……」

元皇帝の側室で、一度は出家した燕麗帝がどうして皇帝となったのか不思議だったが、どうやら元々政の経験が豊富だったらしい。

納得した朱夏に、武炎が懐かしそうに言う。

「俺と親子の縁を切る時も、国政と子育ては両立させられないと判断したって言ってたな。母は皇帝をお助けすることにしました、だからあなたのそばにはいられません、ってな」

どうやら燕麗帝はまだ子供だった武炎に、真正面からそう説明したらしい。朱夏は思わず唸ってしまった。

「……すごいお母さんだね」

「色んな意味でな。でも、変に気遣われたり、嘘をつかれたりするよりずっとよかった。俺も納得して母と別れることができた」

「それ、何歳の時だったの？」

「二十年前だから、六歳だな」

あっさり言う武炎だが、六歳というと朱夏が父と死別した時よりなお幼い。そんな年齢で母と引き離されるなんて、どれだけ心細かっただろうか。

想像してきゅっと唇を引き結んだ朱夏だが、武炎は淡々と話を続ける。

「母と別れた後、俺は父方の親戚に引き取られた。父の残した領地を、その親戚が管理することになってな。母は将来的には俺を跡継ぎにするよう、親戚と約束していたみたいだ。……だがその親戚の貴族は、絵に描いたような屑でな。母の前では一応取り繕っていたが、陰では母のことを、父を踏み台にした売女呼ばわりしていた」

「……ひどい」

思わず呟いた朱夏に、武炎は頷いて言った。

「ま、そんな調子だから当然、俺にも当たりが強くてな。殴る蹴るは日常茶飯事だったし、朝から晩まで下男同然に働かされた。母との約束なんて最初から反故にする気満々で、自分の息子を跡継ぎにすると公言していた」

「っ、それ、燕麗帝には……」

「言えなかった。会うことはできなかったし、手紙も奴らに監視されていたからな。少しでも不満を書けば、焼き捨てられて終わりだ」

「…………」

言葉を失った朱夏に、武炎が苦笑を浮かべる。

「今思い返しても、最悪な経験だった。だが、だからこそ負けてたまるかと思えたのも事実だ。あの時母が俺の手を離さなければ、今の俺はない。

そして今の俺だからこそ、こうして母を支えることができる。いいことも悪いことも、全部含めて今の俺がある」

「いいことも、悪いことも……」

「皆同じだけどな。誰もが皆、大なり小なり苦労や挫折を積み重ねて、今を生きてる」

なんでもないことのようにカラリと笑って、武炎が続ける。

「まあそんなわけで、俺はすっかり貴族嫌いになってな。でも、俺自身も貴族で、それは一生変わらない。だったら出世して、この国を変えるしかないだろ。だから隠れてこっそり書物を読みあさって、鍛錬を積んだんだ。それで十七の時に親戚の家を出て、父の旧友の領主の元に身を寄せた。政や戦の実績を積むためにな」

そこでだいぶ扱かれてなあ、と笑う武炎だが、その考えに至るまでに彼は一体どれだけの苦労を重ね、どれだけの辛酸《しんさん》を嘗《な》めたのだろう。

身体的な苦痛だけではない。父が残し、母が護った領地を、親類とはいえ他の者に奪われたのだ。十七まで親戚の元で耐えていたのも、自分に跡を継がせたいという母の思いをなんとか叶えたかったからではないだろうか。

「武炎が皇帝になったら、きっとこの国はもっといい国になるね」

ここまで努力し、高い志を持って国政に携わっているのだ。きっと燕麗帝の跡を継いで次の皇帝になるつもりなのだろうと思った朱夏だったが、武炎はそれを聞くなりフッと表情を改めてごろりと仰向けになる。

「……俺は、皇帝になるつもりはない」

「え……、どうして？」

驚いて目を瞠った朱夏に、武炎は静かに言った。

「確かに俺は、国を変えたいと思って国政に参加してる。けど、それはあくまでも母を支える立場としてだ。俺自身は、皇帝の器じゃない」

「そんなこと……！」

武炎ほどの男が皇帝の器じゃないなんて、そんなことあるわけない。食ってかかろうとした朱夏をチラッと見て、武炎が苦笑する。

「気持ちは嬉しいけどな。だが、母を見ていると分かるんだ。俺に皇帝は向いてない」

「……武炎がそう思うなら、そうなのかもしれないけど……。でも、今だって皇帝陛下の右腕として、充分活躍してるじゃん」

本人の自己評価はともかく、武炎には実績も人脈もある。充分皇帝としてやっていけるのではと思った朱夏だったが、武炎は視線を天井に戻すときっぱりと言った。

「右腕は、あくまでも右腕だ。それ以上にはなれない。いや、ならない方がいい」

「……どういうこと？」

なれないならともかく、ならない方がいいとはどういう意味か。不思議に思った朱夏に、武炎が言う。

「そもそも俺が陛下の正室になったのは、外戚が力を持つのを防ぐためだ。母が貴族を正室にすれば外戚が力を持ち、政の足を引っ張ることは目に見えている。かといって正室が不在のままじゃ、今度は宦官の力が強くなりすぎる」

「……うん」

かつてこの辛国は、皇帝の外戚や宦官の専横によって、幾度も混乱に陥っている。歴代の皇帝は世が乱れるのを未然に防ごうと、嫡子を産んだ正妃の外戚を皆殺しにしたり、宦官の地位を下げたりと様々な対策を講じてきたが、結局反発を招いて叛乱が起きるなど、いい解決策は見つかっていない。

じっと天井を見つめながら、武炎が続ける。

「今、この国には強い指導者が必要だ。そのためには、母に権力を集中させなきゃならない。それなのに、正室の俺が次の皇帝に意欲があるようじや、本末転倒だろう?」

「それは……、そうかもしれないけど……」

武炎の言いたいことは分かる。確かに、今は宮廷内で権力争いをしている場合ではない。

だが、武炎は権力を悪用しようとしているわけでも、ましてや燕麗帝と権力闘争しようとしているわけでもない。正しい政を行う志がある者が帝位を継ぐのは、いいことではないのか。

複雑な顔つきになった朱夏を見やって、武炎はやわらかく微笑んだ。

「皆が皆、朱夏みたいに純粋に国のためを思って、俺を次の皇帝にって言ってくれるならいいんだけどな。残念だが、そうじゃない奴の方が圧倒的に多い。俺が次の皇帝を目指せば必ず混乱が生じるし、俺の意図しないところで争いが起きる。やっと立ち直りかけているこの国を混乱させると分かっていて、無責任なことはできない」

「……武炎は、皇帝になりたいって気持ちは少しもないの?」

武炎の話を聞いていると、混乱さえ起きなければ皇帝になる気はあるようにも取れる。

「今すぐじゃなくたって、もう何年か経って国政が安定してからなら……」

「その時にはもう、俺の願いは叶ってるからなあ」

食い下がった朱夏に苦笑して、武炎が静かに告げる。

「俺はこの国をいい国にしたいんだ。そしてそれは、母の統治下で叶えられると確信してるし、そうするのが俺の役目だと思ってる。俺の願いはこの国を豊かにすることで、皇帝になることじゃないからな」

「……そっか」

武炎の思いを知って、朱夏はストンと納得がいった。

武炎は本当に、この国のことを思っているのだ。

だからこそ、帝位を継がないと決めている――。

「なんか、武炎らしいね。確かに、言う通りかも」

「ああ。……ありがとな、朱夏」

ふっと目を細めた武炎が、カラリと明るい声で言う。

「それに、俺にはこの国が安定したら他にやりたいことがあるんだ。他の国を、見て回りたいと思ってる」

「他の国?」

思ってもみなかった言葉に、朱夏は驚いた。ああ、と頷いた武炎が、天井に向かって腕を伸ばしてのんびりと言う。

「陛下の名代として諸外国の使節と関わるようになって、そう思うようになってな。俺はもっと広い世界を、外の世界を見てみたい。自分の足で、様々な国に行ってみたい」

「……そうなんだ」

「すぐにじゃないけどな。でも、いずれ陛下の治世が安定して俺の力が不要になったら、俺はこの国を出たいと思ってる。色んな国を見て回るつもりだ」

目を閉じ、まだ見ぬ地に思いを馳《は》せる武炎の横顔を、朱夏は寝台に横たわったまま、じっと見つめた。

武炎が他国を見て回りたいと考えていたなんて思ってもみなかったが、確かに彼は一つの場所にとどまっているような性格ではない。

彼はもっと自由に、高く広い空を飛び回る鳳凰のように生きていくのが似合う——。

「……行けるといいね」

いつか、武炎がなんの憂《うれ》いもなくこの国を発つことができればいい。心からそう思って言った朱夏に、ああ、と武炎が頷く。

ややあってくるりとこちらを向いた武炎は、朱夏をひたと見つめながら言った。

「一緒に来ないか、朱夏」

「え……」

「その時が来たら、俺と一緒に世界を見に行かないか」

唐突な誘いに、朱夏は戸惑って瞬きを繰り返した。

(世界を？　武炎と一緒に？)

そんなこと、できっこない。

だって自分は、彼とは違う。

平民で、義賊で、――でも。

「……そうだね。その時が、来たら」

その時なんて、来るはずがない。

そうと分かっていて、朱夏は頷いた。

否、そうと分かっているからこそ、頷けたのかもしれない。

絶対に叶わないと知っているからこそ、見られる夢もある――。

「オレも、一緒に行きたい。武炎と一緒に、色んな国を見てみたい」

懸命に明るい声で言った朱夏に、武炎が目を細める。

「お、じゃあ約束な。その時が来たら、俺と一緒に来てくれよ」

「……うん」

嬉しそうな武炎からそっと目を逸らして、朱夏はそれと分からないよう、小さくため息をついた。

(……オレは、間違っていたんだ)

ずっと目を背け続けてきたその事実に、朱夏はようやく真正面から向き合った。

朱夏はこれまでずっと、自分にできることはこれしかないと思って義賊を続けてきた。

病に苦しんでいる孤児たちや、貴族に虐げられている人たちを放っておくことなんてできない。

たとえ罪に問われるとしても、どうにか助けたい。

そのために自分にできることは、これしかない。

そう思って、罪悪感に目を瞑って盗みを続けてきた。

――けれど、本当にそうだったのだろうか。

本当に、他にできることはなかったのだろうか。

（武炎は貴族にひどい目に遭わされても、自分にできることを諦めなかった。いつか世の中を変えるために、努力し続けた）

武炎だけではない。

燕麗帝も、翠月も、この国をより良くしようと力を尽くしている。

自分にできることで、世の中を変えようとしている。

（……オレは最初から、諦めるだけだった）

誰が皇帝でも世の中は変わらないと思っていた。

自分がなにをしたって、なにかが変わるわけがない。

だからせめて自分にできることで孤児や貧しい人たちを助けたい、と。

けれど、いくら義賊でも罪は罪だ。

世の中をどうにかしたいと思うのなら、もっと違う方法を、正しいやり方を選ばなければならなかったのだ。

平民の自分には他に方法がないなんて、ただの言い訳だ。自分が知らなかっただけで、この国をより良くしようと力を尽くしている人たちはたくさんいる。

（オレは、間違ってたんだ）

ずっと目を背けていた事実を、朱夏はようやく受けとめた。

視線を落としたまま、ぐっと唇を引き結ぶ。

——変えられるものなら、今からでも生き方を変えたい。

きっと武炎なら、燕麗帝と共にこの国を変えてくれる。

貴族中心ではない、平民も生きやすい世の中に、きっとなる。

武炎のそばで、彼を支えてその手伝いをしたい。

自分にできることで、彼の役に立ちたい。

けれどそれはもう、——できない。

（オレが玉璽を盗まないと、義父さんと義母さんがどうなるか分からない。オレのせいで二人を危険な目に遭わせるわけにはいかない……）

　ぎゅっと拳を握りしめて、朱夏は自業自得だ、と胸の内で呟いた。

　すべて、自分が悪い。

　こんなことになったのは、武炎の誘いに心から喜んで頷けないのは、全部、自分が青い義《ぎ》侠心《きょうしん》に盲目になっていたせいだ——。

「……っ」

　後悔に胸がぐちゃぐちゃになった朱夏だったが、その時、ふに、と頬をやわらかくつままれる。

　顔を上げると、武炎がじっと自分を見つめていた。

「どうした、朱夏。なに悩んでる」

「……別に、なにも悩んでなんか……」

　誤魔化そうとして、朱夏は言葉に詰まってしまう。まっすぐな武炎の眼差しを前にすると、どうしても偽りの言葉が紡げなくなる。

（オレ……、武炎には嘘つきたくない……）

　彼を窮地に追いやろうとしているくせに、なにを虫のいいことを言っているのだろうと、自分でもそう思う。

　けれど、どうしても武炎にだけは正直でいたい。

　彼に嫌われ、憎まれ、恨まれるその時なんて、永遠に来てほしくない——。

「……っ」

　込み上げてくる熱いものを、朱夏はぐっと堪えた。必死に呼吸を整えて、どうにか声を押し出す。

「……ごめん、言えない」

「…………」

「これはオレが……、オレが、なんとかしなきゃいけない問題だから」

（……そうだ、どうにかしなきゃ）

　自分の口から出た言葉に、朱夏はハッとした。

朱夏が玉璽を盗まなければ、養父母の身に危険が及ぶかもしれない。

けれど、だからといって本当に玉璽を盗んでしまったら、この国を変えてくれるであろう人たちを失脚させることになるのだ。武炎たちが宮廷から追われたら、せっかくいい方向に変わり始めているこの国が、また荒れてしまうかもしれない。

朱夏に玉璽を盗むよう命じている者の正体は分からないが、少なくとも今の燕麗帝の政に不満を持つ者であることは明らかだ。おそらく貴族中心の国政に戻そうという心づもりだろう。

そんな者の手に玉璽が渡ったら、庶民はまた苦しめられるに違いない。

(オレはもう、正しい道には戻れないかもしれない。でも、ここで諦めて言いなりになったら、前と同じだ)

変わりたいと思うなら、諦めては駄目だ。

自分の身から出た錆は、自分でなんとかしなくては。

「……分かった。言えないなら、言わなくていい」

俯いたままぎゅっと唇を引き結んだ朱夏の旋毛《つむじ》に、武炎の声が落ちてくる。

朱夏の頭を自分の胸元に引き寄せて、武炎は穏やかに続けた。

「けど、俺はなにがあってもお前の味方だ。それだけは忘れないでくれ」

「……うん」

武炎らしい言葉に、胸があたたかくなる。

朱夏は顔を上げ、武炎をまっすぐ見つめて、思いのままに告げた。

「オレ、武炎のことが好きだ」

「っ」

驚いたように息を呑む武炎に、ちょっと照れながら付け足す。

「貴族は嫌いだけど、武炎のことは嫌いじゃないよ」

へへ、と笑った朱夏に、武炎が渋い顔で唸った。

「なんだ、そういう意味かよ……」

「え、他になんか意味あるの？」

「そりゃお前……」

聞き返した朱夏に答えかけた武炎は、何故かますます仏頂面をして頭を掻いた。

「……あーもう、寝ろ。明日も仕事が山積みだからな」

「うん」

おやすみなさい、と武炎の胸元にぎゅっとしがみついて、朱夏は目を閉じた。

シャワシャワと聞こえてくる蛙の鳴き声に耳を澄ませながら、心の中で決意する。

（なんとか、しないと）

この国には、武炎が必要だ。

今度こそ、自分にできることを見誤らない――。

――やがて寝息を立て始めた朱夏の頬に、そっと指が伸ばされる。

躊躇うように朱夏、と落ちた吐息と、頬に触れる寸前でぐっと握られた指を、夜空に浮かぶ白い月だけが見ていた――。


折り入って頼みがあります、と朱夏が翠月に切り出したのは、その一ヶ月後のことだった。

「あら、なんでしょう？」

朱夏が持参した武炎からの書簡に目を通していた翠月が、目を細めて首を傾げる。朱夏は紐でしっかりと縛った書簡を差し出して告げた。

「この書簡を、ある大工に届けてほしいんです」

「お手紙かしら？」

「はい。あと……、これも一緒に」

懐から包みを取り出し、書簡の隣に置く。中には朱夏がこれまで後宮で稼いだ給金と、刺客の阻止に一役買ったことで与えられた報奨金、そして自分の元に送られてきた鏨が入っていた。

手紙は、養父母に宛てたものである。

自分が無事であると伝えると同時に、これまで設計図を盗み見て義賊をしていたこと、心から申し訳なく思っていることを打ち明けている。

詳細は書けないが自分のせいで二人に危険が迫っている。相手は二人のことも見張っている可能性があるから、このお金ですぐに支度を整え、しばらく身を隠してほしいとも綴った。

刺客に襲われたあの夜、なんとかしなくてはと考えた朱夏が真っ先にしたのが、この手紙を書くことだった。

（玉璽を盗むことは、できない。それならもう、逃げるしかない）

だが、ただ逃げただけでは養父母の身に危険が迫る。だから二人に身を隠してもらって、自分も逃げようと考えたのだ。

いっそ盗みに入るか刺客を装うかしてわざと失敗し、捕まって処刑されることも考えたが、朱夏だってむざむざ死にたくはないし、それで養父母の身が安全だとは限らない。ならばやはり二人を逃がして、自分も逃げる他ない。

本当はすぐにでも養父母を逃がしたかったが、龍船節まで猶予が残っていては、黒幕が朱夏以外の誰かを使って玉璽を奪おうとするかもしれない。そのため朱夏は、期限の三ヶ月が迫る直前まで待って、養父母に手紙で危険を知らせることにしたのだ。

（なくなったはずの鏨がオレから送られてきたら、きっと義父さんも緊急事態だって気づいてくれる。あとは二人が逃げた頃合いを見計らって、オレも遠くに逃げないと……）

できれば自分が二人を護りたいけれど、きっと追っ手は自分に集中するだろう。一緒にいる方が危険だ。

養父母にはとことん迷惑をかけることになって

本当に申し訳ないが、どうか無事に逃げてほしい。

そう思って手紙とお金を翠月に渡した朱夏は、別で用意しておいたお金を翠月に差し出した。

「どうか、これで引き受けてもらえないでしょうか。お願いします……！」

武炎のために情報を集めている彼女にこんなことを頼むのは、筋違いもいいところだと分かっている。けれど朱夏には、他に養父母と密かに連絡を取る方法がない。

どうか、と再度頼み込んだ朱夏に、翠月は頷いて言った。

「分かりました、お預かりします。口の固い者に、なるべく早く届けさせますわ。ですからどうぞ、こちらはお引き取りを」

手間賃にと差し出したお金をそっと返されて、朱夏は慌てて再度渡そうとする。

「でも……」

「朱夏様、私は『お得意様のお届け物を手配する』だけですのよ。あまり仰々しいことはなさらないで」

後宮の誰かに頼むのではなく、わざわざ翠月に頼むところからして、普通の届け物ではないことは察しているのだろう。それでもあえてそこには踏み込まず、知らぬ振りをしてくれるのは、翠月自身の身を護るための線引きもあろうが、彼女をなるべく巻き込みたくないと思っている朱夏の気持ちを酌《く》んでくれてのことだ。

「……ありがとうございます」

厚意に甘えるしかないことを申し訳なく思いつつ、朱夏はお礼を言ってお金を引っ込めた。ふふ、と笑った翠月が、扇で口元を隠しながら言う。

「こちらこそ、頼って下さって嬉しいわ。少し待っていて下さいね。今、武炎様にお返事を書いてきますから」

朱夏の手紙と包みを禿《かむろ》に持たせた翠月が、いったん部屋を下がる。ほどなくして戻ってきた彼女から書簡を預かり、朱夏は妓楼を後にした。

（……これで、よかったんだ）

牛車に乗った途端、ドッと疲労感が押し寄せてくる。考えに考え抜いて、こうするしかないと決めたことだけれど、やはりあの手紙を翠月に託すのは相当な覚悟と勇気が要った。

けれどもう、後には引けない。

（どうか、どうか義父さんと義母さんが無事に逃げられますように）

祈りながら後宮に帰り着いた朱夏は、翠月からの書簡を持って武炎の元へと戻る。

今日は朝一で書簡を届けるよう頼まれたから、まだ陽が高い。早く戻って武炎の執務の補佐をしないと、と急ぎ足で武炎の部屋へ戻った朱夏は、いつもの見張りの兵たちに挨拶をした。

「戻りました。武炎はいますか？」

「あ……、朱夏殿。え、ええ、いらっしゃいますが、その……」

だが、見張りの兵たちは妙にそわそわしている。なにかあったのだろうかと不思議に思った朱夏だったが、その時、部屋の中から穏やかな女性の声が聞こえてきた。

「どうぞ、お入りなさい」

（女官？　でも、どっかで聞き覚えのある……）

燕麗帝の使いの女官が武炎の元に来ることはままあるが、女官にしては口調が違う気がする。しかし声に聞き覚えはあるしと、朱夏は戸惑いながらも部屋に入り——。

「ただいま戻り……、っ！」

大きく目を瞠って息を呑んだ。

執務室の文机に突っ伏して寝ている武炎のそばに、立っていたのだ。

彼の母であり、この国の皇帝である——、燕麗帝が。

「こ……っ」

「しー、静かに。疲れて寝てしまっているみたいなの」

慌てて拱手した朱夏を小声で制した燕麗帝が、こちらへ、と手招きする。

朱夏はあまりにも意外な事態に混乱したまま、燕麗帝に続いて足音を忍ばせて四阿へ出た。部屋の隅に控えていた燕麗帝の侍女たちもついてきて、四阿の隅に控える。

「あなたが朱夏ですね。武炎から話は聞いていいます。いつも息子を支えてくれてありがとう」

「い、いいえ、滅相も……、……え？」

皇帝から直々にお礼を言われるなんてと、拱手して視線を下げた朱夏だったが、その時、視界に不可思議な光景が映る。

先ほどは気づかなかったが、燕麗帝の手に見覚えのあるものが握られていたのだ。

それは、飾り布だったものを竹の柄に挟んだ、巷ではちょっと売っていない、朱夏お手製のあのハタキで――。

「な……」

「ああ、これですか？　さっき武炎の部屋で見つけたのです。これが今、宮中で話題のハタキでしょう？」

絶句した朱夏の視線で気づいたのだろう。燕麗帝がにこやかにハタキを振ってみせる。

「便利で頑丈だと、私の宮でも侍女たちが使っています。あなたが作ったものだとか」

「は、はい。陛下のお耳にまで届いていたとは、恐れ入ります」

まさか燕麗帝が朱夏の作ったハタキを知っていたとは思いもしなかった。

恐縮する朱夏に、燕麗帝がニッと悪戯っぽく笑って言う。

「宮中には私の目や耳となってくれる者が大勢います。知らぬことはありませんよ」

（……親子だ）

快活な笑みと不敵な物言いは、武炎そっくりだ。

否、この場合、武炎が燕麗帝にそっくりだというべきか。

いずれにせよ、二人はとても似通った気質の持ち主らしい。

（多分、すごく気が合う親子なんだろうな……）

以前、武炎は陰で燕麗帝のことをクソババア呼ばわりしていたが、それだけ気安い仲なのだろう。もしかしたら、人目のないところではもっと砕けた付き合いをしているのかもしれない。

想像するとちょっとおかしくて、少し緊張が解けた朱夏をよそに、燕麗帝はハタキを持って欄干に歩み寄る。

「こういったものを持つのは久しぶりです。私も昔はこういう道具でお部屋のお掃除をしていたのですよ。今は侍女たちがしてくれるので、機会がありませんが。よい機会ですから、たまにはしてみましょうか」

そう言うなり、本当にハタキをかけようとする燕麗帝にぎょっとした朱夏だったが、ハタキが欄干に触れるより早く、サッと侍女が歩み寄る。

「陛下、お戯《たわむ》れはおよし下さい」

「あら、戯れではなく、本腰を入れてお掃除するつもりですよ」

「なお悪うございます」

素っ気ない声で燕麗帝をいさめつつ、侍女が恭しい仕草でハタキを取り上げる。他の侍女たちよりも年嵩の彼女は、どうやら燕麗帝に長年仕えるお目付役らしい。

（皇帝陛下が叱られてる……）

天下の長を叱るなんてと呆気に取られた朱夏をよそに、仕方ありませんねと肩をすくめた燕麗帝は、美しく手入れされた庭に向き直った。蕾がつき始めた蓮の浮かぶ池を見つめて、目を細める。

「この宮は、以前私が武炎と共に暮らしていた屋敷に少し似ています」

「……そうなんですか」

共に暮らしていたというと、燕麗帝が後宮に上がる前のことだろう。確か武炎は、燕麗帝とは六歳頃に離ればなれになったと言っていた。

（武炎が子供の頃に見ていた景色か……）

もしかしたら武炎は、かつて自分が暮らしていた屋敷を模して、この庭を調えさせたのかもしれない。

そう思った朱夏の背後で、ぐおお、と武炎のいびきが上がる。

思わず燕麗帝と顔を見合わせ、くすくすと笑ってしまった朱夏は、小声で聞いてみた。

「あの、聞いてもいいでしょうか。武炎様はどんなお子様だったんですか？」

すっかり緊張も解けた朱夏に、燕麗帝が穏やかに微笑んで答える。

「やんちゃな子でしたよ。近所の子たちと、いつも野山を駆け回っていました。昔から正義感の強い子で、弱い者いじめは決して許さない、優しい子でしたね」

「武炎らしいですね。なんだか目に浮かびます」

どうやら幼い頃から、武炎は武炎だったらしい。

変わらないんだなと微笑ましく思った朱夏に、燕麗帝が頷いて続ける。

「ええ。ですが、かつてはじっと机に向かうことが本当に苦手な子でした」

そう言った燕麗帝が、ふっと後ろを振り返る。その視線は、文机に突っ伏して寝ている武炎に注がれていた。

「私は、後宮に上がったことを後悔したことはありません。ですが、武炎にはすまないことをしたと思っています」

「……武炎様が親戚にひどい目に遭わされていたから、ですか？」

こんな立ち入ったことを聞いていいだろうかと少し躊躇いつつ聞き返した朱夏に、燕麗帝が穏やかに言う。

「武炎から聞いたのですね。ええ、その通り。私が武炎の憂き目を知ったのは、出家して後宮を出てからのことでした。恥ずかしながら、私はそれまで送られてくる手紙の通り、あの子は親類の元で健やかに過ごしていると思っていたのです」

「それは……、でも、後宮にいたのなら仕方のないことですから……」

　側室として後宮に上がった女性は、基本的に生涯をそこで過ごす。皇帝が崩御《ほうぎょ》して出家でもしない限り、出ることは叶わない。

　外界と遮断された環境だったのだから無理もないと思った朱夏だが、燕麗帝は首を横に振って言う。

「それでも、私は武炎の母です。縁を切ったとはいえ、いいえ、縁を切ったからこそ、私は武炎の将来に責任がありました。あの子の父が残した領地にこだわらず、もっと信頼のおける友人に預けるべきでした」

「……後宮に連れていくことは考えなかったんですか？」

　武炎の話では、燕麗帝は後宮に上がる際、国政と子育ては両立できないと言い渡したということだった。だが、こんなにも武炎のことを考えている彼女が親子の縁を切るというのは、それ以上の理由があるような気がする。

　朱夏の問いかけに、燕麗帝は困ったように微笑んで告げた。

「当時の後宮は、それは恐ろしいところでしたから。実際私も、何度か毒を盛られかけました。そんなところに、大事な我が子を連れてはいけないでしょう？」

「じゃあ、親子の縁を切ったのも……」

「政に口を出すようになれば、どこで恨みを買ってもおかしくありません。恨みというものは、とかく縁者に向けられがちですから」

　やはり燕麗帝は、武炎のためを思って親子の縁を切ったのだ。

（きっと武炎も燕麗帝の思いを察したから、納得したんだろうな）

だからこそ、親戚からの仕打ちにも耐えられたのだろう。

二人の絆を再認識した朱夏だったが、燕麗帝の表情は固いままだ。

「陛下？」

朱夏がそっと声をかけると、燕麗帝はその唇にふっと苦笑を浮かべて呟いた。

「いえ、我ながら少し、情けなくて」

「情けない、ですか？　どうして……」

皇帝にはおよそ似つかわしくない台詞に戸惑いつつ問うと、燕麗帝は自嘲《じちょう》気味に微笑んで言った。

「……私は帝位に即《つ》く際も、武炎を国政に参加させるつもりはありませんでした。こちらにそのようなつもりはなくとも、身内が重役に就けば贔屓だと声を上げる者は必ずいる。武炎の身を護るためだけでなく、私の地位を護るためにも、無用な争いの火種は排除しなければなりませんでした」

「……はい」

当時、郭夫人の悪行により、世は荒れに荒れていた。燕麗帝はそんな中、国を引き継いだのだ。

いくら国政に携わっていた経験があるとはいえ、女性だというだけで侮られることもあっただろう。

ほんの少しの油断で足を掬《すく》われかねない中、燕麗帝がそう考えたのは無理もないことだ。

朱夏に頷き返して、燕麗帝が続ける。

「けれど武炎は、捨て置くには惜しいほど優秀な人材でした。幼い頃はあれほど勉強が苦手だったのに、武芸だけでなく知見も広く、地方とはいえ政の経験が豊富だった。なにより、私の思い描くこの国の未来を、共に見据えていた」

思想を同じくする息子をじっと見つめて、燕麗帝はそっと寂しげに微笑んだ。

「……本当に、情けないことです。私は、母としてあの子のそばにいてやれなかったにも関わらず、今になってこうして政の補佐をさせている。いくら武炎が国政に関わることを望んでいたとはいえ、あの子の努力を利用したも同然です。都合がいいと呆れられても仕方ありません」

「……っ、それは違います……！」

燕麗帝の言葉に、朱夏は思わず声を上げていた。驚いたように目を瞠る燕麗帝に詰め寄らんばかりの勢いで、懸命に告げる。

「都合がいいなんてそんなこと、武炎は思ってません。この間、言っていました。子供の頃のことは最悪な経験だったけど、だからこそ負けてたまるかと思えたって。あの時、陛下が自分の手を離さなければ、今の自分はなかったたって」

きっと、我が子をつらい目に遭わせてしまったという燕麗帝の悔恨の思いは、ずっと消えることはないのだろう。

けれど、武炎自身はその経験をきちんと昇華させていることを知っていてほしい。

彼が心から母を慕い、尊敬していることを、誤解しないでほしい。

「武炎、言ってました。いいことも悪いことも、全部含めて今の自分なんだって。今の自分だからこそ、陛下を支えることができるんだって。だから……、……あ」

夢中で言い募っていた朱夏は、そこでようやく我に返る。

（うわ……、オレ、皇帝陛下相手になんてこと言って……）

いくら武炎の気持ちを知ってほしかったとはいえ、相手は皇帝だ。こんなふうに不躾《ぶしつけ》に自分の主張を重ねるなんて、不敬もいいところだ。しかも、いつもの調子で武炎を呼び捨てにしてしまった。

朱夏は慌てて拱手し、一歩下がりつつ謝罪した。

「……っ、申し訳ありません！　失礼を……」

「……ふふ」

しかし、さすがに不快に思ったのではないかと案じた朱夏の予想を裏切り、燕麗帝の口から漏れたのは優しい笑みだった。

くすくすと笑みを零す燕麗帝に、朱夏はぽかんとしてしまう。

「え……、あの……」

「ああ、いえ、ふふ、あなたがあまりにもうちの息子のことを好いてくれているものだから、なんだか嬉しくて。武炎にもようやくあなたのようないい方が見つかったのですね」

「い、いい方⁉　いえ、私はただの侍従で……」

あくまでも部下として慕っているだけだと慌てた朱夏に、燕麗帝がにっこり笑って言う。

「あら、私が義理の母になるのは嫌ですか？」

「っ、滅相もないです……！　あのでも……っ」

嫌なわけがないけれど、そういう問題ではない。

なんと言えば分かってもらえるのかと慌てた朱夏だが、その時、燕麗帝のそばに控えていた侍女がため息交じりに言う。

「……陛下。お戯れはおよし下さいと申し上げたはずですが」

「あら。私はいつも本気ですよ」

「存じております。ですから、なお悪いと申し上げております」

先ほどと似たようなやりとりをした燕麗帝が、叱られてしまいました、と苦笑を浮かべる。

朱夏は改めて拱手して言った。

「恐れながら陛下、私は平民の男で、つい先頃侍従に取り立てていただいたばかりの新参者です。武炎様には他にもっとふさわしい方が……」

「ふさわしい、とは？　誰が決めるのですか？」

朱夏を遮った燕麗帝の口調は、穏やかながら鋭さを秘めたものだった。

「それは……」

返事に詰まった朱夏を見つめて、燕麗帝が続ける。

「私が後宮に上がった当初、周りの者は口々に言いました。田舎の年増など、皇帝の側室にはふさわしくない、と」

「な……っ、そんなこと、誰が……」

　思わず憤った朱夏に、燕麗帝が微笑む。

「そう。誰もそんなことを決められるわけがないのです。現にその田舎の年増が、今や側室どころか皇帝になっているのですから」

「………」

「武炎には今後も、私の正室として力を尽くしてもらわねばなりません。この国を豊かな国にするためには、外戚や宦官に力を持たせないことが肝心です。他の者を正室に迎えるわけにはいかない」

　きっぱりと言って、燕麗帝は視線を部屋の中へと向けた。

　文机で突っ伏し、呑気ないびきをかいている息子を見つめるその視線は、春の陽のようにやわらかく、あたたかかった。

「ですが、母親として息子が愛する人と幸せになってほしいという気持ちも、もちろんあります。武炎には、心から慕う者と一緒になってほしい」

「……あのう、申し上げにくいのですが、私はその、本当に武炎様とそういう仲では……」

　水を差すようで申し訳ないが、このまま勘違いされても困る。

　おずおず申し出た朱夏に、燕麗帝はにこっと笑って言った。

「ええ、今はそうですね。ですが、将来どうなるかは誰にも分からないでしょう?」

「はあ……」

　それはそうですけど、と相槌を打って、朱夏は想像してみた。

（オレと武炎が……）

　瞬間、朱夏の頬が真っ赤に染まる。

「……っ」

　あら、と目を丸くした燕麗帝と侍女が顔を見合わせたその時、部屋の中から盛大なあくびが聞こえてきた。

「ふああ、よく寝た。ん、朱夏、帰ってきてたのか。って、あれ、陛下?」

四阿にいる朱夏を見とめた武炎が、続いて燕麗帝に気づく。

立ち上がって歩み寄ってきた武炎をじとっとした目で見据えて、燕麗帝がぼそっと呟いた。

「……もう少し寝ていればよかったものを」

「ん? なにか仰いましたか?」

「なんでもありません。先日の件で相談があって参りました」

「ああ、はい。伺います。お待たせして申し訳ありません。朱夏、悪いが茶を淹れてきてくれるか?」

「っ!」

武炎に声をかけられて、朱夏はびくっと肩を震わせた。

「朱夏?」

「あ……」

意識すまいと思えば思うほど、先ほどの想像が頭に甦ってしまう。

(オレが武炎とどうこうなんて、そんな……、そんなの……)

「朱夏、本当にどうした?」

「ど……、どうもしない! お茶、持ってくる!」

怪訝《けげん》そうな武炎に大声で返して、朱夏は部屋の扉に向かった。あらあらまあまあと燕麗帝と侍女たちがくすくす笑っているのが聞こえてきて、この上なくいたたまれない。

(武炎の馬鹿! 馬鹿ー!)

心の中で武炎に八つ当たりしつつ、熱い頬を隠すように俯いて部屋を出ようとする。が、下を向いていたせいで、ちょうど部屋に入ろうとしていた誰かとぶつかってしまった。

「わ……っ、あ、すみません、林明様!」

「いえ、こちらこそ。大丈夫でしたか?」

すみませんねと眉尻を下げた林明が、朱夏の肩越しにひょいと部屋を覗き込む。

「武炎はいますか? ……ああ、陛下もこちらでしたか」

「林明、どうした?」

武炎の問いかけに、林明が拱手して二人に近づく。

「実は、先日の刺客の所持品から、指輪が出てきまして……。調べたところ、郭夫人の所有するものでした。おそらく報酬として受け取ったものかと思われます」

「そうですか。では、郭夫人を詮議の場に呼び出すように」

燕麗帝の命にハ、と頷いて、林明が続ける。

「それからもう一つ、お耳に入れておきたいことが。あの夜、陛下のご寝所の近くで、複数の者がジャベール殿の姿を目撃しています。刺客の手引きをしたのではないかと、皆噂しています」

「……彼は、そのような人間ではありません」

林明の言葉を聞いた燕麗帝が、きっぱりと否定する。

しかし林明は、声を曇らせて続けた。

「陛下がジャベール殿をお信じになりたいお気持ちは分かります。ですが、ジャベール殿には以前から、郭夫人と通じているという噂もあります。この機に彼も詮議にかけるべきではないでしょうか」

「ろくに証拠もないのにか? いくらなんでもそれは……」

渋る武炎の声が、扉の向こうへと消えていく。

見張りの兵によって閉ざされた扉をしばらくじっと眺めて、朱夏は歩き出した。

(もしかして……、オレに玉璽を盗ませようとしているのは、ジャベール様……?)

確かに、ジャベールが郭夫人と未だに連絡を取っているという噂は朱夏も聞いたことがある。

今までジャベールは武炎から正室の座を奪おうとしているのだとばかり思っていたが、もしかしたら郭夫人の命令で、武炎のみならず燕麗帝の命も狙っていたのかもしれない。

だとすれば、彼が企みの一環として朱夏に玉璽を盗ませようとしていたというのもあり得ない話ではない。

側室筆頭のジャベールならば、庶民の朱夏を後宮に入れる手はずを整えることができる。正体を伏せて鑿を宦官に託し、朱夏に届けさせることも容易だろう。

（ジャベールが郭夫人の協力者で、燕麗陛下を帝位から引きずり下ろそうとしてるとしたら……）

今までずっと不明瞭だった黒幕の正体が、にわかに輪郭を持ち始めて、朱夏はこくりと喉を鳴らした。

もし本当にジャベールが黒幕なのだとしたら、このまま放っておくことはできない。わざわざ朱夏を後宮に入れたくらいだ。これから詮議の場に呼び出されるだろう郭夫人を助けるためにどんな手も使うだろうし、朱夏が逃げたくらいで玉璽を諦めはしないだろう。

（……証拠もないのに捕らえることはできないって、武炎は言ってた。でも、オレがジャベール様に命じられて玉璽を盗もうとしていたって申し出たら？　証言があれば、捕らえることができるんじゃないか？）

郭夫人だけでなく、その協力者も捕らえることができれば、燕麗帝の世は安泰だ。

武炎も安心して、燕麗帝の元で政に力を注ぐことができる――。

「…………」

回廊の途中で足をとめた朱夏の前髪が、ふわりと風に揺れる。

優しくやわらかなその風は、しかしどこか不穏な気配を孕《はら》んでいた――。

一週間後、西陽の差し込む中庭の物陰で、朱夏はじっと息を潜めて一点を見つめていた。

視線の先にいるのは、豪奢な毛皮を纏った華やかな美貌の青年――、ジャベールだ。

この一週間、朱夏は侍従の仕事を終えると、人目を避けて毎日ジャベールの宮に向かっていた。ジャベールが本当に自分に玉璽を盗ませようとしている黒幕なのかどうか、確かめるためだ。

あの日、仕事を終えて自分の部屋に引き揚げてから、朱夏はずっとどうすればいいか考えていた。

そして、決めたのだ。もしジャベールが黒幕だという証拠を掴めたら、武炎に自分の罪を打ち明けよう、と。

(オレが後宮に送り込まれた経緯も話すことになるだろうから、当然義賊だった事実も打ち明ける必要がある。あれだけ盗みを繰り返したんだ。オレはきっと、死罪になる)

けれど、証拠と共に自分が自白すれば、ジャベールを捕らえることができる。帝位を狙う者を残らず処断できれば燕麗帝の世は安泰だし、武炎も安心するだろう。

なにより、養父母の身の安全も図れる。盗人の親という不名誉を負わせることになるのは申し訳ないけれど、それでも殺されるよりずっとましだ。

けれどそのためには、ジャベールが黒幕であるという確固たる証拠を摑まなければならない。だが、朱夏が自分を脅してきた相手について知っていることは極端に少ない。

（オレが直に接したのは、あの猿面の男と、オレの養父になった貴族……。猿面の男は正体が分からないから、あの貴族がジャベールのところに出入りしてれば、そこを押さえて真相を明らかにできるかもしれない、けど……）

物事がそう思い通りに進むわけはなく、今のところ空振りが続いている。他になにか怪しい動きがないかと見張っているけれど、そういった素振りもなかった。

（……龍船節まで、あと一週間だ。早くなにか摑まないと……）

できればギリギリまで粘りたいが、義父と義母のこともある。二人はきっと今頃、自分の手紙を読んで身を隠す算段をしているだろう。

もしこのままなにも証拠を摑めなければ、当初考えていた通り後宮を離れて逃げるしかない。鑿のこともあるし、養父母は見張られている可能性が高い。彼らが身を隠せば、必ず追っ手が探そうとするだろう。

しかし今、朱夏が後宮からいなくなれば、追っ手の目は自分に向く。二人を安全に逃がせる可能性が高い。

（あんまり遅くなったら、二人が危険だ。逃げるなら今日明日位には、後宮を抜け出さないと）

つまり、朱夏が黒幕を探せるのは長くてもあと一日ということになる。それまでになにも手がかりを摑めなければ、黒幕を明らかにすることは諦めなければばならない。

武炎になにも告げず、ここを去らなければならない――。

（……武炎は、オレが本当は玉璽を狙ってたって知ったら、どう思うだろう）

朱夏が刺客に出くわしたあの夜、武炎はなにがあっても味方だと言ってくれた。それだけは忘れないでくれと、その言葉は本当に嬉しかったけれど、自分は本来、そんな言葉をかけてもらえるような人間ではない。

だからこそ、できることなら武炎には自分の口からすべてを打ち明けたい。あそこまで言ってくれた彼に、きちんと自分の言葉で謝罪したい。

けれど、黒幕の証拠も摑まず、ただ打ち明けるわけにはいかない。そんなことをすれば、養父母がどんな目に遭うか分からない。

武炎に自分の罪を打ち明けるためには、どうにかして今日明日中にジャベールの尻尾を摑まなければならない――。

ぐっと唇を引き結んだ朱夏の見つめる中、取り巻きたちと話していたジャベールがふと、一人で歩き出す。朱夏は物陰に身を隠しつつ、その後をそっと追った。

（……どこへ行くんだ？）

自分の宮を出たジャベールは、後宮の奥へと向かっている様子だった。だが、辺りは刻一刻と暗くなっており、出歩いているのも皆自分の寝所に急ぐ者ばかりだ。

（あっちは燕麗陛下の寝所だけど……）

まさかまた、こっそり刺客を手引きするつもりだろうか。だが、先日のこともあって燕麗帝の身辺は警護が厳しくなっている。

一体どうするつもりなのかと警戒する朱夏をよそに、ジャベールはどんどん人気のない方へと進んでいく。見張りの兵の目を気にしつつ、朱夏はその後を追った。

　やがて、ジャベールが足をとめる。そこは、燕麗帝の寝所をぐるりと囲んでいる通路の一角だった。通路の両脇には高い塀があり、とても常人には乗り越えられそうにない。

（……？　こんなところから、どうやって……）

　手前の曲がり角で足をとめ、こっそり様子を窺う朱夏だったが、ジャベールは少し身を屈めて、じっと塀の一部に熱い視線を注いでいるようだった。よく見ればそこには、小さな亀裂が入っている。

　亀裂を覗き込みながら、ジャベールが呟く。

「ああ、陛下。Je t'aime á la folie……」

（……ジュテーム？）

　おそらく彼の母国語なのだろうが、なんという意味なのだろう。陛下というからには、燕麗帝のことだろうかと首を傾げた朱夏をよそに、ジャベールは切なげに続けた。

「洵美且都《まことにびにしてかつとなり》」

「!?」

　漢詩の一説をそらんじたジャベールに、朱夏は驚いて目を見開いた。

　だってそれは古くから有名な、男が年上の女性を恋い慕う詩だ。なんと美しく雅な方だろうと、感嘆する詩だ――。

（まさか……）

　ジャベールの行動の理由に思い至り、息を呑んだ朱夏だったが、思わず一歩下がった拍子に小石を踏んでしまう。

「い……っ！」

「誰だ！」

　走った痛みに声が漏れた途端、誰何の声を上げたジャベールが素早くこちらに走り寄ってくる。

「こんな時刻に陛下のご寝所の周りをうろつくとは、まさか賊……、っ!?」

　慌てて逃げようとした朱夏より早く、カッと怒りに目を見開いたジャベールが角から現れる。朱夏を見た途端、驚いた表情を浮かべたジャベールに、朱夏は急いで拱手した。

「す……、すみません。賊ではないです……」

「……ここでなにをしている」

「えっと……」

なんと答えたものかと逡巡《しゅんじゅん》する朱夏を見て、ジャベールが苦々しげな顔つきになる。

「どうせ、私の跡をつけてきたのだろう。今の私は、陛下に仇なす不忠者と思われているからな」

どうやらジャベール自身の耳にも、後宮の者たちの噂は届いていていたらしい。朱夏は思いきってジャベールに聞いてみた。

「あの……、ジャベール様。先ほどその塀の亀裂から覗いていたのは、もしかして……」

「…………」

無言で深いため息をついたジャベールに、ちょっと失礼しますと断って、朱夏はそっと塀の亀裂に歩み寄った。ちょうど朱夏の目線の高さにある亀裂を覗き込む。

――塀の向こう側は、燕麗帝の寝所の庭だった。

ちょうど夕涼みに出てきたのだろう。庭には幾人もの女官を付き従えた燕麗帝がいる。

翳《さしは》を手に、ゆったりと池のほとりを歩くその姿は、なるほど美しく雅だった。

「……いつまで見ているんだ」

ぶすっとした仏頂面で、ジャベールがサッと朱夏と塀の間に割って入る。

まるで恋しい人の姿を見せたくないと言わんばかりのその態度に、朱夏は確信した。

(やっぱり……。ジャベール様は、燕麗陛下の姿を見に来ていたんだ)

先ほど朱夏が物音を立てた時の剣幕といい、今の態度といい、彼が燕麗帝を心底慕っていることは確かだろう。

刺客が現れた夜に複数の者が彼の姿をこの付近で目撃していたというのも、この亀裂からこっそり燕麗帝の姿を見に来ていただけに違いない。

（じゃあ、ジャベール様は郭夫人の手先じゃないってことか？）

すべては自分の早とちりだったのだろうか。

戸惑った朱夏は、少し躊躇いつつもこうなったら直接聞くしかないとジャベールに問いかけた。

「あの……、ジャベール様は、郭夫人の頃からこの後宮にいらっしゃると伺いました。てっきり武炎様と燕麗陛下のことを恨みに思っているのだろうとばかり思っていましたが、違うのですか？」

「……随分不躾だな」

不愉快そうに眉をひそめたジャベールに一瞬ヒヤリとした朱夏だったが、ジャベールはフンと鼻を鳴らすと案外あっさりと語り出す。

「後宮の者たちがそう噂していることは知っている。だが私は、お二人を恨みになど思っていない。お二人は私の……、恩人なのだ」

「恩人？」

問い返した朱夏に頷いて、ジャベールが続ける。

「ああ。そもそも私は、後宮に入るつもりなどなかった。私が大使としてこの国を訪れたのは、初恋の君に再会するためだったからだ」

「は……、初恋の君」

（なんか始まった）

目が点になった朱夏をよそに、ジャベールが滔々《とうとう》と語り出す。

「私があの方と初めてお会いしたのは、この後宮だった。当時五歳だった私は、大使である父に連れられてこの国を訪れていてな。父が皇帝と面会中、後宮に預けられることが多かったのだ」

「……はあ」

「子供同士で遊べるようにという父なりの気遣いだったのだろうが、異国人の私は毎日いじめられ、後宮の片隅で泣いていた。そんな私に、大丈夫かと声をかけてくださったのだ。……天女が」

「天女⁉」

いきなり現れた突飛な登場人物に驚いた朱夏だったが、ジャベールは当時を思い出すようにうっとりと続ける。

「ああ。あの方はまさしく天女だった。美しく気品に満ち溢れ、機知に富み思慮深く……。世界広しといえど、あのような淑女は他にいない。以来、私はすっかり虜《とりこ》になってしまったのだ。当時の皇帝の側室であられた、燕麗陛下の虜にな」

「あ……、なるほど」

つまり、ジャベールの初恋の君であり、天女と称された女性こそ、燕麗帝ということらしい。ジャベールが燕麗帝を恩人と言っていたのも、いじめられ、つらい思いをしている時に優しく声をかけてくれた経験からなのだろう。

（……ん？　あれ、じゃあ武炎のことは？）

先ほどジャベールは、武炎と燕麗帝の二人とも恩人だと言っていた。だが、ジャベールの日頃の態度は、どう見ても武炎を嫌っているようにしか思えない。

「あの、ジャベール様にとっては武炎様も恩人なんですよね？　それはどうしてなんですか？」

「……………」

朱夏の質問に、それまで夢見るような表情を浮かべていたジャベールがスンッと真顔になる。

しばらくむすっと黙り込んだ後、ジャベールは渋々といった様子で口を開いた。

「……父の跡を継ぎ、大使となった私は、燕麗陛下に再会すべくこの国を訪れた。皇帝が崩御したからには、あの方は自由だ。私があの方に結婚を申し込んでも問題ない。だが、来てみれば宮廷は女狐に荒らされ、あの方は出家して後宮を去っていた」

眉をひそめて、ジャベールが続ける。

「私はすぐにあの方の元に向かおうとしたが……、郭夫人がそれを許さなかった。断れば国交を断絶すると脅され、仕方なく後宮に入ったものの、屈辱で屈辱で……。だが、ほどなくして幼帝が崩御し、あの女狐も追放された。そして、武炎殿が後宮に残っていた取り巻きたちを追放し、私を後宮にとどまらせてくれた。おかげで、私は憧れの君の側室となれた。だから、武炎殿は私の恩人だ。……そのことには、感謝している」

（……そのこと『には』）

言葉尻に引っかかりを覚えて、朱夏はじっとジャベールを見つめて聞いた。

「ジャベール様は、武炎様のどこがそんなにお気に召さないんですか？」

「お前、本当に不躾だな……」

呻くジャベールは先刻よりよほど不機嫌そうだが、彼の初恋話を聞いた今となっては全然怖くない。

すみません、と軽く肩をすくめた朱夏にチッと舌打ちして、ジャベールは憮然とした表情で答えた。

「どこが気にくわないかと聞かれたらすべてだが、一つ挙げろというのなら、そんなの決まっている。あいつが！　私の天女の！　正室だということだ！」

「……えっ」

私の天女、という単語の強烈さに面食らいつつ、朱夏はぱちぱちと瞬きを繰り返した。

「あ……、あの、でもお二人は親子です。武炎様はあくまでも形式上、陛下の正室なだけで……」

恋い慕う相手の正室なんて、確かに目の上の瘤みたいなものだろう。だが、彼らは便宜上夫婦という形を取っているだけで、ただの親子だ。

嫉妬するのはお門違いではと思った朱夏だったが、ジャベールは地団駄を踏みそうな勢いで言う。

「だから業腹《ごうはら》だと言っているんだ！　息子が正室の座におさまっていたら、いつまで経っても陛下が私の子を産もうという気持ちになって下さらないではないか！」

「は⁉　私の子⁉」

　思っても見なかった方向から飛んできた理由に驚く朱夏をよそに、ジャベールは鼻息荒く頷いた。

「そうだ！　陛下はまだまだお若い。私さえ努力すれば、きっとよいお子を産んで下さる。だが、正室の座に息子が居座っていたら、自らお子を産む気になって下さらぬだろう」

「……はあ」

「大体あの男は、その気になれば美しい所作もできるというのに、いつも乱雑で不作法で、そういうところが気に食わないんだ！　なんだ、あの粗雑さは！　陛下の御名を汚す気か！」

（えっと……）

　一人でぷんすか怒り出したジャベールについていけず、朱夏は戸惑いつつも確認した。

「あの、つまりジャベール様は、武炎様には感謝しているけどどうにも気にくわない、と？」

「そうだ！　日夜陛下をお支えしていることは褒めてやってもいいが、だったら宰相にでもなればいいだろう！　しかもあいつは生涯独身を貫くと公言している！　あいつ自身がどうしようが構わないが、だったら正室の座を明け渡せ！　あいつのせいで陛下の尊い御血筋がこの世に残らないかもしれないと思うと、怒りで目眩がする……！」

（つ……、強火だ……！）

　メラメラとその目に炎を燃やすジャベールに、朱夏はもうただただぽかんとする他なかった。

　つまり、ジャベールの武炎に対する頑なな態度は、燕麗帝を慕う故のもの、そして単純に武炎と馬が合わない故のものだったのだ――。

「ジャベール様が郭夫人と通じてるって噂は、嘘だったんだ……」

　小声で呟いた朱夏だったが、その声はしっかりジャベールの耳に届いていたらしい。眉をつり上げたジャベールが、夜叉《やしゃ》のような顔をして息巻く。

「私が郭夫人と通じている⁉　誰だ、そんな流言飛語を流す奴は！」

「い、いえ、私もそういう噂があるとしか……。というか、そんなに陛下のことをお好きなのに、何故普段から周りの方々にそれをお話しにならないんですか？」

ジャベールがここまで面白……、もとい、燕麗帝ひとすじだなんて、今までちらっとも耳にしたことはない。もっと普段から自分の気持ちを周囲に話していれば誤解されることはなかったのではと思った朱夏だが、ジャベールは朱夏の言葉を聞くなりぴたりと怒りを引っ込めて黙り込む。

「…………」

「ジャベール様？」

「……陛下にご迷惑がかかるだろう」

視線を泳がせたジャベールの口から聞こえてきた、意外すぎる一言に、朱夏は目を瞠った。

「迷惑とか気になさるんですね……」

「失礼な奴だな。これでも私は、この国での自分の立ち位置くらい弁《わきま》えているつもりだ」

むすっとしたジャベールが、開き直ったように言う。

「私は異国人で、この国ではどうしたって異質な存在だ。その私が陛下との間に子を望んでいると知られれば、国を乗っ取ろうとしているのでは、などと邪推する者が必ず出てくる。非難の矛先が私に向けられるだけならよいが、陛下のお立場が悪くなっては困る」

だから慎重に振る舞っているのだと言うジャベールに、朱夏は首を傾げて聞いた。

「でも、それじゃあいつまで経っても陛下に想いが伝わらないのでは？　あ、それとももう陛下には直接告白して……」

「っ、そんなことできるわけないだろう！」

「うわうるさ」

あまりの大声に、ぐわんぐわんと耳鳴りがする。思わず呟いた朱夏だったが、ジャベールはお構いなしに言い募った。

「あのお方に、どんな言葉で愛を告げろと言うんだ！　花や宝石を贈ろうにも、あの方の前ではどんな美しいものも霞《かす》んでしまう！　あの方にふさわしい贈り物も言葉も、私にはなに一つ見つけられやしない……！」

わっと嘆くジャベールは、どうやら燕麗帝を前にすると緊張でなにも話せなくなってしまうらしい。おそらく先ほどそらんじていた漢詩も、異国人の彼が燕麗帝に告白するために一生懸命勉強したものなのだろう。

（……こじらせてるなあ）

幼い頃の初恋を未だに引きずっている彼になんだか微笑ましさすら覚えて、朱夏はしみじみと呟いた。

「ジャベール様は、燕麗陛下のことが本当にお好きなんですねえ……」

朱夏の一言で、ジャベールがようやく我に返った様子でコホンと咳払いして言う。

「……ああ。だからこうして、せめて陛下のお目にとまるようにと着飾っているのだ。私から声をかけては障りがあるが、陛下からお声がかかれば、誰の目も憚らずお話ができるからな」

（それでその極楽鳥……）

そろそろ蒸し暑い季節になるというのにまだ毛皮を羽織っているのはどうしてか、見た目にも暑苦しいんだがとばかり思っていたが、ジャベールとしては燕麗帝に話しかけてほしい一心で身につけていたもふもふキラキラだったらしい。

確かに目立つが、果たして燕麗帝の好みだろうかと内心首を傾げている朱夏をよそに、ジャベールが感嘆のため息交じりに続ける。

「初めてお会いした時もお美しかったが、今はあの時よりもっとお美しい。年々気高く、神々しくなられるお姿はまさに天女だ。あのように素晴らしい女性は他にいない」

「そ……、そうですね……」

「分かるか！」

　朱夏が若干引きつつも仕方なく相槌を打った途端、またジャベールが勢い込む。

　目をキラッキラさせて迫ってくるジャベールに、朱夏はどうにか笑みを張り付けて両手を胸元まで上げた。どうどう、落ち着け落ち着け。

「陛下は本当に素晴らしいお方だ。美しいだけでなく聡明で、それでいて胆力もあり、誰からも慕われていらっしゃる。陛下の御血筋があの粗暴な男で絶えるなど、この国にとって大きな損失だ」

「お……、仰る通りです」

「外戚に力を持たせないために正室を武炎殿が務めるというのは分かる。無用な後継者争いを避けるため、武炎殿が生涯独身を貫くつもりというのも、勝手にすればいい。しかし、しかしだ。それならこの先、誰が陛下の跡を継いでこの国を導いていくんだ？」

「あ……」

　ジャベールの勢いに圧されて適当に相槌を打っていた朱夏は、その一言に目を瞠った。

　突然真っ当なことを言い出したジャベールが、ため息を一つ零して唸る。

「武炎殿が陛下の跡を継がないと宣言していることは、宮廷中の誰もが知っている。陛下もそれをご承知で、本来の皇帝の血筋から後継者を選ぶおつもりらしい。だが、そもそも他に適任者がいないから、陛下が帝位に即《つ》かれたのだ。後継者選びが難航するのは目に見えている」

　腕を組んだジャベールが、苛々と続ける。

「腹立たしい限りだが、今の宮廷に武炎殿以外で、燕麗陛下ほど人脈があり、皇帝の資質を備えている者はいない。だとすれば、やはり陛下に御子をお産みいただくしかないだろう。今この国を救うことはもちろん急務だが、その政治を次代に繋ぐため、ふさわしい後継者を育てることも皇帝の責務だ」

「案外まともなことも言うんだ……」

「……なにか言ったか？」

思わずぽろっと心の声を漏らした朱夏を、ジャベールがじろりと睨む。朱夏は慌てて背筋を正して言った。

「い、いいえ。仰る通りだなと思います！」

「……ならばよし」

フン、と鼻を鳴らしたジャベールにほっと胸を撫で下ろしつつ、朱夏は先ほどのジャベールの言葉を頭の中で反芻《はんすう》した。

（今の宮廷に、燕麗陛下ほど人脈があり、皇帝の資質を備えている者はいない。……武炎以外で）

おそらくそれは、国政の中枢にいる者の共通認識だろう。とすれば一体、誰が帝位を狙って暗躍しているのだろうか。

（ジャベール様は、郭夫人の手先じゃなかった。他に郭夫人と繋がりがあるという噂を流されている人はいない。だとすると、オレに玉璽を盗ませようとしている黒幕は、やっぱり郭夫人とは無関係……？　でも今、燕麗陛下の権勢を引っくり返せるような実力の持ち主はいないし……）

ようやく黒幕の輪郭が見えたと思ったのに、結局振り出しに戻ってしまった。ジャベールが黒幕だと勘違いしたまま突っ走らなくてよかったけれど、これでは武炎にすべてを打ち明けることはできない。

（……結局、オレは武炎になにも伝えられないまま、ここを離れるしかないのか）

落胆せずにはいられなくて、朱夏は肩を落として俯いた。

たとえ死罪になってもいいから、武炎に直接謝りたかった。

そしてそれ以上に、武炎のことを護りたかった。

（オレは……、武炎を危険に晒したくなかった）

そうとは知らなかったとはいえ、武炎の立場を危うくしかけていた自分が言えた義理ではないことは分かっている。自分よりずっと武炎の方が年齢も立場も上で、彼が誰かに護られるような男ではないことも。

それでも、理屈ではなく思ってしまうのだ。

武炎のことを護りたい。

自分のできる全部で、武炎を助けたい、と。

（オレ、武炎のこと……）

いつの間にか心の奥底で育っていた武炎への気持ちにようやく向き合おうとした朱夏だったが、その時、ジャベールが自分をじっと見つめているのに気づく。

「あっ、すみません、オレ……っ」

そういえばジャベールの前だった。すっかり物思いに耽っていたことを詫びようとした朱夏だったが、ジャベールは慌てる朱夏を見つめつつ、意外なことを言い出した。

「……いや、いい。私こそお前に詫びるべきだ。今まで誤解していて悪かった」

「えっ」

まさかジャベールの口から謝罪が出てくるとは思わず驚いた朱夏に、ジャベールが続ける。

「私は今まで、平民出身の者などこの後宮にはふさわしくないと思っていた。この後宮は、陛下が唯一私人としてお寛《くつろ》ぎになられる場所。そのような大切な場所に平民が近づくなど恐れ多いと思っていた」

飾らないその言葉は、ジャベールの本心なのだろう。

朱夏をじっと見つめて、ジャベールが告げる。

「だが、それは間違いだった。お前は異国人であろうと差別せず侍従たちを受け入れ、あの者たちが後宮に馴染むきっかけを作った」

「あ……」

先日の蛙事件のことを言われて、朱夏は少し驚く。まさか、ジャベールがあの時そんなふうに思っていたなんて、考えもしなかった。

（でも、そうか。ジャベール様も異国人だってことで差別されたり、苦労したりしたから……）

きっと自身の経験もあって、あの侍従たちに肩入れする気持ちが強いのだろう。そういうことかと腑に落ちた朱夏に、ジャベールが続ける。

「本当はもっと早くお前と二人で話をしてみたいと思っていたのだが、宦官たちの手前、なかなかそれもできなかった。私がお前の肩を持ったら、あの者たちの立つ瀬がなくなってしまうだろう？」

「……あの、もしかしてジャベール様は、本当に私のことをご自分の侍従にするつもりで……？」

まさか、武炎の侍従を辞めて自分の元に来いと言っていたのは、嫌みでも企みでもなく、本気だったのだろうか。

今更ながらにあの時の言葉の真意に気づいた朱夏に、ジャベールが不思議そうに首を傾げる。

「そう言ったつもりだったが。それ以外、どんな意味があると言うんだ？」

「はは……、ナイデス」

どうやら武炎が言っていたように、ジャベールはごく普通に朱夏のことを買ってくれていたらしい。なにか他意があるのではというのは、林明の早とちりだったのだろう。

（まあ林明様は、ジャベール様が郭夫人と繋がってると思ってたみたいだしな）

最初から疑わしく思っていたのなら、誤解も無理はない。

かくいう自分もジャベールを疑って誤解していたわけだしと思った朱夏に、ジャベールが言う。

「あの一件だけでなく、お前は武炎殿を懸命に補佐していると聞く。こうして私の跡をつけてきたのも、後宮の安寧のために心を砕いているからこそだ。それにそもそも、後宮にふさわしいかどうかなど、誰にも決められることではない」

「あ……」

ジャベールの言葉に、朱夏は先日燕麗帝から問いかけられたことを思い出す。

あの時、燕麗帝もまた、誰が誰にふさわしいかなど誰にも決められないと言っていた――。

「……私の目が曇っていた。すまなかった、朱夏」

「い、いいえ。こちらこそ、疑って申し訳ありませんでした」

きちんと目を見て謝ってくれたジャベールに、朱夏も慌てて拱手して詫びる。

するとジャベールは、フッと微笑んで朱夏に提案してきた。

「どうだろう、朱夏。よかったらこれから、私と共に城下に出かけないか？」

「えっ、城下に、ですか？」

驚く朱夏に頷いて、ジャベールが言う。

「ああ。せっかくこうして誤解が解けたんだ。私はもっと朱夏のことが知りたい。よい店を知っているから、夕餉《ゆうげ》を共にしないか？」

「あ……、でも、私は……」

断ろうとしかけて、朱夏は思い直す。

このままジャベールの誘いに乗れば、すんなり後宮の外に出られる。ジャベールには悪いが、途中で体調が悪くなったと言って行方をくらませば、容易に身を隠せるだろう。

「……分かりました。是非ご一緒させて下さい」

「決まりだな。では行こう」

パッと顔を輝かせたジャベールが、いそいそと来た道を引き返す。案外可愛い人だよなあ、と苦笑しながら朱夏がその背を追いかけた、――その時だった。

「……お前たちがそういう仲だったとはな」

低い声と共に、行く手の通路の角から武炎が姿を現す。朱夏は驚いて息を呑んだ。

「っ、武炎⁉」

「武炎殿、いつからそこに……」

朱夏の隣のジャベールも、驚いた表情を浮かべて問う。武炎は苦々しげな表情を浮かべると、ふいっと視線を逸らして告げた。

「いつからもなにも、ついさっきだ。陛下に用事があって来ただけで、別にお前たちの跡をつけてきたわけじゃない」

どいてくれと言った武炎が、朱夏とジャベールの脇を抜けていこうとする。

「武炎、あの……」

先ほど武炎は、朱夏とジャベールのことを『そういう仲』と称した。

もしかしてなにか誤解しているのではと思い、慌てて声をかけた朱夏だったが、武炎は朱夏の方を見もせず、声を歪ませて言う。

「……塀に隔てられているとはいえ、ここはもう陛下の御所だ。こんなところで逢い引きなんてするな」

「っ、違……っ」

「なにが違う？　これから二人で城下に行くんだろう？」

どうやら武炎は本当に、二人の会話の最後の方しか聞いていなかったらしい。朱夏は立ち去ろうとする武炎の袖を慌てて摑んで引き留めた。

「ちょっと待って、武炎！　違う！　本当に違うから！」

「悪いが朱夏、今はお前の話を冷静に聞いてやれそうにない」

ぐっと眉根を寄せた武炎が、朱夏に向き直る。

ようやくこちらを見つめた彼の瞳は、常の快活さとはまるで違う、ひどく苦しげな色を浮かべていた。

「俺は……」

言い淀んだ武炎が、思い直すように一度、強く唇を引き結ぶ。

ぐっと拳を握りしめた彼は、じっと朱夏を見つめて言い直した。

「……俺は、お前が好きだ」

「……っ」

告げられた一言に、朱夏は思わず息をとめてしまう。

今――、今、武炎は、なんて？

「好きだ、朱夏」

朱夏の心の声が聞こえたわけではないだろうに、武炎が繰り返す。

その眼差しは、確かに常とはまるで違う色だったけれど、どこまでもまっすぐだった。

「俺はお前に、特別な感情を持っている。だから、今はお前の話を冷静に聞けない。他の男と恋仲だと知って、すぐに祝福してやれるほど、俺はできた人間じゃない」

「…………」

「分かったら離せ、朱夏」

袖を摑んだままだった朱夏の手を、武炎がそっと外そうとする。そのなめらかで大きな手の温もりを感じた途端、朱夏はハッと我に返った。

「い……、嫌だ……！」

外されそうになっていた手で、慌ててぎゅっと武炎の袖を摑み直す。朱夏、となだめるような声が落ちてきて、朱夏は目の前がぐるぐると回るような錯覚に陥った。

（武炎が……、武炎がオレのこと、す……、すきって言った！　すきって……、す、好きって！）

勘違いじゃないよな、と何度も先ほどのやりとりを思い返す。

すきは、好きでいいんだよな。恋やら愛やらの、好きだよな。

――オレと同じ、好きでいいんだよな。

「朱夏」

また苦しそうな声になった武炎が、朱夏をたしなめようとする。

「手を離せ、朱夏。恋人の前で、他の男に気を持たせるもんじゃない」

「ちが……っ、違うってば！」

まだ勘違いしたままの武炎を見上げて、朱夏はカーッと顔を赤くした。

目の前の男が自分のことをそういう目で見ているのだと思うと、たまらなく恥ずかしい。

自分も彼のことをそういう目で見ているのだから、余計だ。

（どうしよう……。武炎に誤解されたままでいたくない。でも……）

自分は今夜、この後宮を出ていかなければならないのだ。今ここで武炎に想いを伝えて、一体なんの意味がある――？

「……朱夏。頼むから、離してくれ」

「武炎……」

「そんな顔するな。……勘違いしそうになる」

つ、と手を伸ばした武炎が、いつものように朱夏の頬をつまもうとして――、やめる。

堪えるように、諦めるように目を伏せる武炎に、朱夏はたまらず叫んでいた。

「……っ、オレが好きなのは、武炎だ！」

駄目だと、心の中で理性が囁く。

告げては駄目だ。伝えたところで、自分は彼から離れなければならないのだ、と。

けれどどうしても、武炎にこんな顔をさせたままではいられない。たとえどうなったとしても、彼に一番似合わない顔を自分がさせるなんて、耐えられない――……！

「朱夏……？」

「だ……、だから勘違いじゃない！　オレも、武炎と同じ意味で武炎のことが好きだから……っ」

茫然と呟く武炎の顔をとても見られず、俯いて一気に言い募る。

「さっきのは、ただ夕食に誘われただけだ！　オレがジャベール様をとか、そんなこと絶対にないから！」

「……朱夏」

「嘘じゃない！　オレも武炎のことが好きだ！　だから……っ」

「分かった。……分かったから、落ち着け」

混乱と羞恥でもうなにがなんだか分からなくなりながらも、一生懸命叫ぶ朱夏の肩を、武炎が引き寄せる。

わ、とたたらを踏んだ朱夏を優しく抱きとめて、武炎はふっと笑みを零した。

「そうか。お前も俺を、好きか」

「う……、うん」

「……そうか」

この上なく嬉しそうな声で言った武炎が、朱夏の耳をそっと撫でる。

反射的に顔を上げた朱夏に、武炎がその背を屈めて――。

「……失礼」

――と、コホンという小さな咳払いが、その場に響く。見れば、顔を赤くしたジャベールがあらぬ方向に顔を背けていた。

「……あ」

すっかり忘れていたジャベールの存在に間抜けな声を上げた朱夏をちらりと見やって、ジャベールが気を取り直した様子で武炎に言う。

「武炎殿。先ほどご自分がなんと言ったか覚えているか？　塀に隔てられているとはいえここはもう陛下の御所だと、そう聞こえたが？」

「……あー……」

さすがに決まり悪そうな顔つきになった武炎が、がしがしと頭の後ろを掻いて謝る。

「……すまん」

「まったく、少しはお立場と場所を弁えていただきたい。……まあ、とはいえ、私としては参考になった面もあるがな」

フンと満更でもなさそうな顔で笑ったジャベールが、噛みしめるように言う。

「相手のためを思って、一歩引くばかりが愛ではないのだな。時には己の心に正直にならなければ、想いは伝わらない」

高い塀の向こうを強い眼差しで見つめて、ジャベールが決意したように言う。

「私も、このようなところからお姿を見ているだけでなく、きちんと陛下にこの想いを伝えなければ。私について誤った噂が陛下のお耳に届いてから後悔しても、遅いしな」

「……その心配はいらないだろうな」

ジャベールの言葉に苦笑した武炎は、おそらく先日林明から報告を受けた時の燕麗帝を思い出しているのだろう。どういうことだと不思議そうな顔をするジャベールに、肩をすくめて告げる。

「陛下は、くだらない噂に惑わされるようなお人じゃない。お前の背中を押すようで、息子としては複雑だが……、陛下はお前のことを信頼しておいでだ」

「！　そうか！　陛下が私を……！」

パアッと顔を輝かせたジャベールは、すぐに武炎の前だということに思い至ったらしい。コホンと咳払いを一つして、取り繕うように言う。

「ならば、一刻も早くこの想いを陛下にお伝えせねば。朱夏、悪いが夕食はまた今度改めて誘おう。嫉妬深い恋人殿も、友人との食事会くらいは許してくれるだろう？」

「……いつの間に友人になったんだ？」

嫉妬深いと言われて苦笑しつつ、武炎が問う。今さっきだ、と得意げにフフンと笑ったジャベールは、毛皮を翻して踵を返した。

「ではな、朱夏。お互いいい夜を」

「お互い？」

うきうきと去っていくジャベールの後ろ姿を見送りながら首を傾げた朱夏に答えたのは、武炎だった。

「当たり前だろ。なんせ恋人になった初めての夜、だからな」

「……っ！」

武炎の言わんとしていることを察して、朱夏は瞬時に茹で上がった。

つまり、武炎はこのまま共に夜を過ごそうと誘っているのだ。

（それって……、それって、つまり……！）

真っ赤になって俯いた朱夏を見下ろして、武炎が問いかけてくる。

「……このまま、お前の部屋まで送るだけにしとくか？」

「え……」

どういう意味かと顔を上げて瞬いた朱夏に、武炎は優しく苦笑して言った。

「今の今まで、俺の宮に連れ込んで、全部俺のものにしたいと思ってたけどな」

「……っ」

「でも、お前が待てって言うなら、待ってやる」

ふに、と朱夏の頰をやわらかくつまんで、武炎が目を細める。

「俺はお前が欲しいけど、それ以上にお前を大事にしたい。お前の心も、体も、傷一つつけたくない」

「武炎……」

どうする、と澄んだ黒い目で問いかけられて、朱夏は答えに窮した。自然と落ちた視線が、左右に揺れる。

（ど……、どうするもこうするも、オレはもう、ここを出ていかないといけないし……）

黒幕が分からなかった以上、自分は明日の朝までに後宮を抜け出す他ない。そうしなければ、両親の身が危ないのだから。

勢いのまま、気持ちを打ち明けてしまったけれど、本来であれば自分は武炎の想いに応える資格なんてない人間だ。これ以上関係を深くしたって、いずれ彼を傷つけるだけで――。

『相手のためを思って、一歩引くばかりが愛ではないのだな』

だが、結論を出そうとした刹那、ジャベールの言葉が耳の奥に甦る。

（自分の心に正直にならなければ、想いは伝わらない……）

もう二度と、会えなくなるかもしれない。

今夜しか武炎と過ごせる時間はないのだ。

それなら、できる限りの想いを伝えたい。

後悔したくない――……！

「……オレ、も」

緊張に震える声を、懸命に押し出す。

朱夏は顔を上げると、武炎の目をまっすぐ見つめ返して言った。

「っ、オレも、武炎のこと、欲しい。ずっと一緒にいたい……！」

本当はもっとずっと、ずっと先の朝まで、一緒にいたい。

彼には伝わらないと分かっていても切なる願いを口にせずにはいられなくて、けれど気づかれたくなくて、朱夏は武炎の胸元に顔を埋めて告げた。

「部屋には、帰らない。武炎と一緒に、いたい」

「……朱夏」

小さく息を呑んだ武炎が、そっと抱きしめてくる。背に回る腕の確かな温もりに、朱夏はぎゅっと一度目を閉じてから身を離した。

「……っ、行こ、武炎」

胸を刺す切なさを、照れ笑いの下に必死に押し込めて、朱夏は武炎の手を取った。一瞬驚いた表情を浮かべた武炎が、すぐに優しく微笑んで手を握り返してくれる。

「ああ。分かった。……行こう、朱夏」

――高い塀に挟まれた通路を抜けた空に、一番星が瞬く。

宵闇の迫る中、その輝きはとても小さく、ほんのわずかで――、けれど確かにそこに在る、一粒の光だった。

武炎の宮に着く頃には、陽はもうほとんど沈んでいた。

夕方、仕事を終えて自分の寝所に帰ったはずの朱夏が武炎と共に戻ってきたのを見て、見張りの兵たちが少し不思議そうな顔をする。扉を開けた彼らに、武炎が声をかけた。

「ご苦労。内々の話をするから、今夜は廊下の方まで下がっててくれ。朝まで誰も通すな」
ハ、と拱手した兵たちが、部屋の前から離れる。
扉を閉めた部屋は、いくつかある行灯《あんどん》のおかげで明るかったけれど、武炎と二人きりだと思うと緊張してしまって、朱夏はこくりと固唾を呑んだ。

(オレが欲しいって、やっぱりそういう……、そういうこと、なんだよね？　っていうか、男同士って……)

以前、大工の先輩たちが盛り上がっていた猥談《わいだん》で聞きかじった知識を思い出す。女性のように受け入れる場所がない男は、確か——。

「……っ」

具体的なあれこれを想像し、朱夏はきゅっと唇を引き結んだ。

正直、不安でたまらない。

勢いのまま、武炎と夜を共にすると言ってしまったけれど、本当にそんなことできるのだろうか。

きっと武炎は自分を抱くつもりだろう。朱夏だって男だから、男に抱かれるということに戸惑いを覚えずにはいられないが、それでも相手が武炎なら受け入れたいと思う。

けれど、どうしたって怖いし、不安がつきまとう。

自分は一体、どうなってしまうのだろう——。

「しゅーか」

「痛っ」

唐突に、ぶにっと頬を強めにつままれて、朱夏は驚いて顔を上げた。いつの間にか近くにいた武炎が、苦笑して言う。

「無理強いなんてしないから、そんな怖がんなって」

「こ……っ、怖がってなんか……！」

「あー、そうだな。今のは俺が悪かった。こっち来い」

すまんすまんと、自分はちっとも悪くないのに謝ってくれた武炎が、朱夏の手を取って促す。このまま寝室に連れていかれるのかと一瞬身を強ばらせた朱夏だったが、武炎が向かったのは四阿だった。

――夜の帳が下りた四阿は、昼間とは打って変わって幻想的な雰囲気だった。

灯籠《とうろう》のやわらかな明かりに照らされた水面には、蕾が膨らみ始めた蓮が浮かんでいる。

夜露を孕み、咲く時をじっと待っている蕾。涼やかな風に揺れる葉と、静かな虫の音。夜空に浮かぶ無数の星々――。

穏やかな静寂に、知らずほっと肩の力を抜いた朱夏に目を細めて、武炎がその場に腰を下ろす。

「酒が呑めれば少しは気もゆるむんだろうが、俺もお前も下戸だしなあ」

格好がつかねえなとぼやいた武炎に促されて、朱夏はその隣に腰を落ち着けながら言った。

「……オレは武炎と違って下戸じゃない。これから呑めるようになるし」

憎まれ口を利く朱夏に、武炎がからかうような笑みを浮かべる。

「いーや、お前は下戸のままだって。なんせ俺と一緒の食事じゃ、まず酒は出てこないからな。この先、酒に慣れる機会なんてないぞ」

「……っ、横暴……」

不意打ちで先のことを言われて、朱夏は一瞬言葉に詰まってしまった。

武炎は自分とこの先もずっと一緒にいたいと、そう望んでくれているのだ――。

「……………」

黙り込んだ朱夏の横で、武炎がごろりと仰向けに寝転ぶ。

　頭の後ろで腕を組んだ武炎は、四阿の天井を眺めながら言った。

「……最初はな、なんか毛色が変わったのがいるなってだけだったんだ」

「……？　なんのこと？」

　首を傾げる朱夏に、武炎がニッと笑う。

「お前に初めて会った時のことだ。俺が陛下と話してる時、ちょうど中庭にいただろう？」

「え……、覚えてたの？」

　最初にこの後宮に来た日、武炎と目が合った時のことを言われて、朱夏は驚く。あの時朱夏は、武炎と会話もしていない。何千人といる後宮の下働きの一人と一瞬目が合ったことなど、てっきり忘れているだろうと思っていた。

　目を丸くする朱夏に、武炎が笑って言う。

「やたら強い目で陛下を見てたからな。後宮に下働きに来る役人の子弟は、あんな目はしない。だから、もし陛下に仇なす素振りがあったら対処しないと、と思ってた」

「……っ」

　燕麗帝に直接手を下せという命令ではなかったが、後ろ暗いところのある朱夏は答えに詰まってしまう。幸いなことに、武炎はそれに気づいた様子はなく、のんびりと続けた。

「だが、試しに武具の手入れを頼んでみたら、あんだろう？　見えないとこまできっちり手入れしてくれたばかりか、書簡の整理までやってくれてるのを見た時に、確信した。どんな事情があったとしても、こいつは人として信頼できる。俺のそばで働いてもらいたいって」

「……武炎」

「ま、人手が足りなくて切羽詰まってたってのも事実だが」

　ニッと笑って付け足した武炎に、朱夏はもう、とどうにか笑みを浮かべた。

武炎が自分のことをそんなに最初から信用してくれていたのだと思うと、嬉しさと同時に申し訳なさが込み上げてくる。ごめんと、本当のことを打ち明けたくなる。

けれど、言うわけにはいかない。

結局自分は、黒幕の正体を突きとめられなかったのだから――。

「あの時、お前を信じると決めてよかった」

よっと身を起こして、武炎がこちらを見つめて言う。

「そのおかげで、今がある。こうして、お前に触れることができる」

伸びてきた手に、ふに、と頬を優しくつままれる。澄んだ黒い瞳でじっと朱夏を見つめて、武炎は改めて告げた。

「好きだ、朱夏。俺はお前を、愛してる」

「……っ」

まっすぐでやわらかなその眼差しが、言葉が、朱夏の胸に突き刺さる。痛くて、苦しくてたまらず、俯いて逃げそうになる己を、朱夏は懸命に叱咤した。

自分は、この気持ちを武炎に伝えると決めたのだ。

後ですべてを知られたら、恨まれるかもしれない。憎まれるかもしれない。

それでも、今はちゃんと、この人の目を見て言いたい。

この言葉は偽りのない、自分の真心だから。

「……オレも、武炎と出会えてよかった。本当に、本当によかった」

頬を包む手に自分の手を重ねて、朱夏は懸命に想いを伝える。

「好きだよ、武炎。オレも、武炎が好きだ」

朱夏、と囁いた武炎が、そっと朱夏を抱き寄せる。

武炎の広い胸の中、朱夏は落ちてきたくちづけに目を閉じた。

「ん……」

羽根のように優しく、熱い唇が重なる感触に、ぎゅっと武炎の衣を握りしめる。

漏れる鼻息が武炎に当たるのが恥ずかしくて今すぐ逃げ出したいのに、すり合わせるみたいに幾度も重ねられる唇が気持ちよくて、もっとこうしていたいと思ってしまう。

緊張で早鐘を打つ心臓がどうにかなりそうなのに、今までで一番近い距離が嬉しくて、幸せで。

「……ん、朱夏。口、少し開けられるか？」

「くち……？」

「ん、そうだ」

一度くちづけを解いた武炎に吐息交じりに聞かれて、朱夏は言われるがまま軽く唇を開いた。ニ、と微笑んだ武炎が、そのまま再度唇を重ねてくる。

と、同時に濡れた熱いものが唇の隙間から入り込んできて、朱夏は反射的に身を強ばらせた。

「んう……⁉」

驚いて硬直した朱夏に、武炎はくすりと吐息だけで笑みを零すと、ふに、とやわらかく頬をつまんできた。口の中を舌先で優しくくすぐりながら、ふにふにと頬を撫でるようにつままれて、朱夏はすっかり混乱してしまう。

（な……っ、なに……っ、なにされてんの、これ？）

くちづけとは、ただ唇を重ね合わせるだけだとばかり思っていた朱夏は、どうしていいか分からずぎゅうっと武炎にしがみつくばかりになってしまう。

「ん、ん……っ！」

なめらかでやわらかい舌が、逃げ惑う舌を優しく搦《から》め捕《と》り、なだめるようにちろちろとくすぐってくる。今まで意識したことなんてない舌の側面をぬるりと舐め上げられると、舌の根と腰の奥にじゅわっと甘い熱が生まれた。

（なにこれ、なにこれ……っ）

拙《つたな》い自慰しか知らない朱夏は、初めて知る快感

に、あっという間に頭の中がいっぱいになってしまう。

こんなの知らない。こんなの怖い。

怖いけど、――けど。

真っ赤な顔で目を固く瞑り、けれど拒否の言葉は上げずくちづけに翻弄されている朱夏に、武炎が思わずといったように呟く。

「あー、ほんとお前、可愛いなあ」

「ふ、あ……、ぶえ、ん……?」

「ん、続きはあっちでな」

なにがなんだか分からず、とろんとしている朱夏の唇に、武炎がちゅっと一つ音を立ててくちづける。

膝を立てた彼によいしょと子供のように真正面から抱え上げられて、朱夏はようやく我に返った。

「……っ！　な、なにして……っ！」

「こら、危ないから暴れんな。お前今、歩けないだろ？」

「っ、うー……！」

悔しいけれど、確かに武炎の言う通り、腰から下がいつもの感覚とはまるで違っている。きっと今下ろされたところで、立つこともままならないだろう。

悔しさと恥ずかしさとで唸った朱夏に、武炎が優しく微笑む。

「唸るな唸るな。俺は嬉しいぞ。……っと、ほら、朱夏。着いたぞ」

間続きの寝室に入った武炎が、寝台に朱夏を下ろす。むくれたままの朱夏は、身を屈めた武炎にまたちゅっとやられて、ますます憮然としながらも唇をへの字に曲げて言った。

「……ありがと」

「……お前のそういうとこがなあ」

苦笑した武炎が、目を細めて続ける。

「どういう状況でも詫びるべき時は詫びるし、言うべき時は礼を言うだろ、朱夏」

「？　うん」

　なにを当たり前のことをと思いつつ、朱夏は頷いた。

　挨拶とお礼と謝罪はきちんとしなさい、というのは、養父母に叩き込まれた。実の両親を亡くし、すっかり荒んで野良猫のようだった朱夏に、養父母は人として当たり前のことを思い出させてくれた。

　戸惑う朱夏の頰をふにふにと指先でつまみつつ、武炎が告げる。

「そういうとこがな、なんかいいなと思ったんだよ。宮廷の奴らは腹の探り合いばっかで、言葉を額面通り受け取るわけにいかないからな」

　じっと朱夏の目を見つめながら、武炎が脱がせていいか、と囁きかけてくる。不意打ちにどぎまぎしつつ、朱夏は頷いて身をよじり、武炎が脱がせやすいように協力した。

　ありがとな、となんだか嬉しそうに笑って、武炎が話を続ける。

「お前の言葉は、そのまま信じられる。裏もなにも、考えなくていい。それが俺にとっては、なんていうか癒しでなあ」

「……武炎こそ、裏表ないくせに」

　隠し事をしている罪悪感にちくりと胸を痛めつつ、朱夏は武炎も、と手を伸ばした。自分よりずっと逞《たくま》しい、鍛えられた体にそわそわしながら、緋色の衣を脱がせていく。

「武炎みたいな貴族、オレ初めて見たよ。偉い立場なのに全然偉そうにしないし、理不尽なことで怒らないし……」

　今まで何度も鍛錬の後に体を拭いている場面に出くわしているはずなのに、ほのかな灯火に照らされた武炎の体は昼の明るい陽光の下とまるで違って見えて、心臓が自然と早鐘を打つ。

　分厚くて大きい、鋼《はがね》みたいな体に覆い被さられて、朱夏は緊張しながらその首筋に腕を回した。

なめらかで熱い肌が気持ちよくて、恥ずかしくて、嬉しい。

もっともっと触りたいし、触ってほしい――。

「……オレ、もっと早く武炎に会いたかった」

「……朱夏」

「でも、色んなことがあって、今のオレだから」

武炎に早く出会えていたらと思う一方で、今の自分だからこそ武炎と巡り会えたのだとも思う。

もちろん、自分のしてきたのは決して褒められるようなことではないし、誇ってはいけないことだ。けれど、それも全部ひっくるめて、今の自分がある。

あの日武炎が言っていたように、いいことも悪いことも全部含めて、今の朱夏なのだ。

「今のオレだから、武炎のこと好きになれたんだと思うし、武炎に好きになってもらえたんだと思う」

最初にこの部屋に入った時の不安は、もうどこかへ行っていた。あるのはただ、武炎が好きだという気持ちだけだ。

今はその気持ちを全部、彼に伝えたい。

朱夏は武炎の首筋にぎゅっとしがみつくと、こつんと額をくっつけ、しっかりと目を合わせて言葉を紡いだ。

「好きだよ、武炎。オレのこと好きになってくれて、ありがとう」

「……なんだか今日は大盤振る舞いだな」

苦笑交じりに、けれど嬉しそうに目を細めた武炎が、俺もだ、と囁きながら、朱夏の瞼に、こめかみに、鼻先にくちづけてくる。一等お気に入りの頬を大粒の歯で甘くかじられて、朱夏はくすくすと笑いながら身をよじった。

「ちょ……っ、武炎、……ん」

くすぐったいからやめて、と言うより早く、武炎が唇を重ねてくる。幾度か啄《ついば》むようなくちづけを落とした武炎は、朱夏の目を見つめて言った。

「最初に言っとくが、嫌なことはちゃんと嫌って言えよ。無理だと思ったらそれもだ。こういうのは、片方が我慢してまでするもんじゃないんだからな」

「うん、分かった」

「ん、いい返事だ」

ニカッと笑った武炎が、再びくちづけてくる。

熱い舌先に唇を割られて、朱夏は素直に口を開いて受け入れた。

「ん……、んん……っ」

先ほどはただ驚くばかりで頭が真っ白になってしまったけれど、今度はちゃんと応えようと自分からも舌を伸ばす。初めて知る他人の口の中の熱さに少したじろぎつつも、朱夏は武炎の真似をして彼の舌を舐めくすぐった。

すぐに気づいたらしい武炎が、ふ、と笑み交じりの吐息を零して朱夏の舌をやわらかく噛む。そのままきゅうっと強く吸われて、朱夏は思わずきゅっと爪先を丸めた。

「ん……！　は、あ、んんっ」

じぃんと下肢に甘い痺《しび》れが走って、性器が熱を帯び出す。反応の早い体が恥ずかしくてそっと腰を引こうとした朱夏だが、それより早く、武炎が朱夏の足の間に膝を割り入れてきた。

「あ……っ、ちょ、武炎……っ」

逞しい腿に擦《こす》り上げられた花芯が、あっという間に張りつめる。優しく、けれど強引に熱を灯《とも》されて、朱夏は慌てて武炎を制した。

「やめ……っ、汚れちゃうだろ……！」

「んー？」

じゅわじゅわと込み上げてくる甘い欲に、今にも蜜が溢れ出して武炎の足を汚してしまいそうだ。だというのに、武炎は小さくあっあっと声を上げる朱夏を楽しそうに見つめながら、生返事で顔中にくちづけを降らせてくる。

「あ、あ……っ、ぶえ……っ、武炎ってば……っ！」

焦った朱夏がぎゅっと髪を引っ張ると、ようやく武炎が苦笑して顔を上げた。

「なんだよ、朱夏。これくらい汚れるうちに入らないだろ」

「……っ、だって、あのままじゃ、その……」

うっかり出ちゃいそうだったから。

小声で呟くと、武炎が大きく目を瞠る。

恥ずかしくて、ぷいっとそっぽを向いた朱夏に、武炎はなんだか遠い目で呟いた。

「……いやあ、俺の方がうっかり出そうだわ」

「へ、変なこと言うなよ、馬鹿！」

「その言い方がもうなあ」

ぼやいた武炎に、言い方がなんだとちょっとむくれつつ、朱夏は告げた。

「……オレだけは、やだ。どうせならオレも、その、武炎に触りたい」

いくら武炎と経験値の差があるとはいえ、自分だけ追い上げられるのはなんだか違う気がするし、癪《しゃく》だ。

そう言った朱夏に、武炎が目を細めて微笑む。

「ん、分かった。じゃあ、一緒にするか」

ちょんと朱夏の鼻先にくちづけた武炎が、隣に身を横たえる。横向きになった武炎は、朱夏にも自分の方を向くよう促して言った。

「触ってくれるか、朱夏」

「う……、うん」

こくりと息を呑んで、朱夏はそろそろと武炎のそこに手を伸ばす。少し兆《きざ》し始めている性器は、自分のそれとはまるで違う大きさと形をしていて、なんだかムッとしてしまう。

(……オレだって、そのうちこれくらいになるし！)

同性として対抗心を燃やしつつ、朱夏は武炎の熱芯を上下に扱き出した。

「ん……」

軽く目を閉じた武炎が、艶っぽい息を零す。途端に対抗心が掻き消えた朱夏は、ドキドキと胸を高鳴らせながら聞いた。

「き、気持ちいい？」

「ああ」

分かるだろ、と囁いた武炎のそこは、確かにどんどん形を変えていて、彼の興奮を如実に表している。

ただでさえ大きかった雄茎はもう、朱夏の片手にはおさまりきらないほどで、火傷しそうなくらい熱い。これを自分が受け入れるのかと思うと少し怖いけれど、年上の恋人が自分の手で快感を得てくれている嬉しさの方が勝ってしまって、もっと気持ちよくしたい、もっと感じてほしいと思ってしまう。

（……武炎もさっき、そうだったのかな）

眉根を軽く寄せ、時折濡れた吐息を漏らす武炎の表情を見ているだけで、自分の体も熱くなってくる。これは確かにすごく楽しいし、愛おしくて顔中にくちづけたくなる――。

と、じっと顔を見つめながら夢中で手を動かしていた朱夏の視線に気づいたのだろう。それまで目を閉じていた武炎がスッと目を開いて苦笑を浮かべた。

「……こら。なに見てんだ、朱夏」

「……っ」

からかうように咎めつつも、その真っ黒な瞳は艶やかに濡れ光っており、こちらを捕らえて放さない。視線を逸らせなくなった朱夏をじっと見つめながら、武炎が問いかけてきた。

「そろそろ俺も触っていいか？」

「っ、だ……、だめ」

反射的に拒んだ声は、自分でも分かるくらい甘く歪んでいた。言葉とは裏腹に少しも拒んでいない、むしろ誘うような声音にカッと顔を赤くした朱夏に、武炎が優しく笑って聞いてくる。

「なんで駄目だ？」

「ちょ……っ、武炎」

　おもむろに伸びてきた手が、朱夏の胸元を弄り出す。すぐに硬くなった小さな尖りを優しくつまれて、朱夏は甘い疼痛《とうつう》に息を詰めた。

「ん……っ、だ、だめだって言って……っ」

「下はな。こっちはいいだろ？」

「どっちも……っ、ん……！」

　どっちも駄目に決まってるだろ、と言いかけた言葉が、落ちてきたくちづけに呑み込まれる。

　熱い舌先で口の中の気持ちのいい場所をくすぐられながら、ツンと尖った乳首をきゅっと軽く引っ張られて、朱夏はたちまち濡れた声を上げた。

「んっ、うぅっ、あ、ん……っ、武炎……っ」

「ん、触っていいだろ、朱夏。もっと気持ちいいこと、してやるから」

　な、とねだった男が、朱夏の唇を啄みながら、胸の先をわざと指先で扱き立ててくる。じんじんする先っぽを指の腹でくりくり転がされ、同じことを違う場所にされる想像を掻き立てられて、朱夏はたまらず白旗を上げた。

「ふ、あ……っ、い……っ、いいっ、して、い、から……っ、あ……！」

　許可した途端、胸元を離れた手が朱夏の花芯を包み込む。大きくて熱い手に扱かれたそこは、あっという間に透明な蜜を零し、ちゅこちゅこと卑《ひ》猥《わい》な音を立て始めた。

「あっあっ、んん……っ、武炎……っ」

　もう武炎のそこを握っているだけで精一杯の朱夏を、先ほど乳首にしたのと同じやり方で可愛がりながら、武炎が目を細める。

「ほら、朱夏。俺のもしてくれるんじゃなかったか？」

「っ、うー……！」

　こんな状態でどうやって愛撫《あいぶ》しろと言うのか。

　意地悪を言う恋人を涙目で睨む朱夏に、唸るな唸るなとまた楽しそうに笑いつつ、武炎が腰を揺らし出す。

「ん、できないなら俺が自分でしてもいいか？」

「う、あ、なに、なにして……っ」

ずりずりと手のひらに擦りつけられる太茎に、朱夏はカアッと顔を真っ赤に染め上げた。

筒状になったそこをぐいぐいと擦られるその行為は、もうほとんど抱かれているのと同じだ。

たらりと零れた先走りをぬちゅぬちゅと塗り広げられ、熱さを、長さを、太さをまざまざと教え込まれて、朱夏は羞恥のあまりくらくらと目眩を覚えた。

（こんな……っ、こんなの……！）

とんでもないことをされていると思うのに、擦り上げられている手のひらが気持ちよすぎて手が離せない。手のひらにこんな快感があるなんて知らなかったのに、こんなことを覚えさせられたら、これからまともに物も持てなくなるのではないか。

「や、だ……っ、やだぁ……！」

どうして手のひらでこんなに感じているのか分からなくて、それなのにずっと先っぽをくりくりされている花茎も、時折舐められる唇も気持ちよくて、もうどうしていいか分からない。

混乱しきって拒否の言葉を紡いだ朱夏に、武炎が苦笑しながらそっと問いかけてくる。

「……嫌か？　やめるか？」

「っ、やめない……！」

懸命に頭を振って、朱夏は武炎に告げた。

「ちが、違う……っ、気持ちよすぎて、びっくりして……、だから……！」

「……っ、分かった、分かったから落ち着け、朱夏。あんまりそれ、握りしめんな」

痛てて、と片目を瞑った武炎に苦笑されて、朱夏はようやく自分が武炎のそれを強く握りしめてしまっていたことに気づく。

「あ……！　ご、ごめんっ！」

「いや、俺も悪さがすぎた。あんまりお前が可愛くて、ついな」

パッと手を離した朱夏の眦にくちづけて、武炎が悪かったとさらりと謝る。

「続き、していいか？」

額をくっつけた武炎にお伺いを立てられて、朱夏は照れ笑いを浮かべて頷いた。

「へへ、いいよ」

自分が慣れていないせいで行為を中断させてしまったというのに、責めるでも呆れるでもなく、続きをしたがってくれるのが嬉しい。

（あんなにぎゅってしたのに、全然萎えてないし）

それだけ欲しがってくれていると自惚れてもいいだろうか。いいんだろうなきっと、と欲情に艶《つや》めく瞳を見つめながら、朱夏はぎゅっと武炎に抱きついた。

すぐに降ってくるくちづけに応えつつ、甘い疼《うず》きの残る足をもじもじさせていると、武炎がスッと目を細めて囁く。


「……ん、朱夏、足ちょっと上げるぞ」

くちづけを解いた武炎が、朱夏の膝裏を掬って自分の腰に回させる。向かい合った体勢のまま、身をよじって背後にある小さな棚をごそごそ探った武炎は、小さな陶器の瓶を取り出した。

「それなに？」

器用に片手で栓を抜いた武炎が、朱夏にそれを手渡して言う。

「香油だ。朱夏、俺の手にそれ、垂らしてくれるか？」

「あ……、……うん」

この体勢でそれということはつまり、と香油の用途に思い至って、朱夏は顔を赤らめつつ差し出された武炎の指先に香油を垂らす。とろりとした香油は、いつも武炎が身に纏っている清涼な花の香りがした。

「ん、そのくらいでいい。瓶はそのまま持っててくれ」

「……っ、うん」

　開かされた足の奥に指先を這わされて、朱夏はびくっと身を震わせる。ぎゅっと瓶を握りしめた朱夏に、武炎が囁きかけてきた。

「朱夏、しゅーか。そんなに緊張するな。力抜け」

「……うん」

　朱夏が緊張のあまり、顰めっ面で『うん』としか言えなくなっているのを察したのだろう。ふっと笑みを零した武炎が、空いている方の手でふにふにと頬をつまんでくる。

（……？）

　一体なにをと固まった朱夏だが、しばらく待ってみても、武炎はやわらかく目を細めてひたすら頬をもちもちするばかりだ。続きをしないのかと戸惑って、朱夏は問いかけてみた。

「あの、武炎？　なにしてんの？」

「ん？　癒されるなあと思ってなあ」

「……ふはっ、武炎が癒されてどうすんだよ」

　思わず吹き出した朱夏に、ニッと笑って武炎がしらじらしく言う。

「いや、お前も癒されるだろ？」

「なんでそうなるんだよ、もう」

　口では文句を言いつつも、朱夏は目の前の武炎の唇にちょんと唇をくっつけてお礼を言った。

「……ありがと、武炎。もう大丈夫」

「ん、ゆっくりするからな」

　囁いた武炎が、朱夏の唇をやわらかく啄む。

　優しいくちづけと同じく、香油を纏った指先は朱夏の秘処をそっと撫でてきた。言葉通り無理に押し入ろうとはせず、ゆっくりゆっくり蕾を押し撫でて、襞《ひだ》の一つ一つに香油を馴染ませていく。

「朱夏、香油足してくれるか」

「……ん」

　香油が乾く度、武炎が指先を差し出して朱夏に香油を足すよう促す。自分の体を開くための準備に協力するのは少し恥ずかしかったけれど、その分覚悟が決まって、いつの間にか怖さよりもドキドキと期待感が高まっていった。

（まだ指、入れないのかな……）

二度香油を足した指で愛撫されたそこは、すっかり潤い、とろとろに蕩けている。心なしかぽってり膨らんだような感覚の花弁が、押し当てられた指を引き込むようにひくつき始めて、恥ずかしいのにもどかしくてたまらない。

「……朱夏」

「っ、ん……」

三度目に差し出された指に今までより少し多めに香油を垂らしながら、朱夏は小さく訴えた。

「あの、武炎……。そ、その、指……」

「ん、そろそろ中、入れていいか？」

察してくれた武炎が、朱夏のこめかみにくちづけを落としつつ聞いてくる。朱夏はこくりと頷いて、照れ隠しに武炎の唇にかぷっと噛みついた。

「……ん、ふは」

忍び笑いを漏らしながら、なだめるように朱夏の唇を吸った武炎が、指の腹をぐうっと押しつけてくる。先ほどまでとは明らかに違う意図を持って触れてくる指先に、朱夏は一瞬身を強ばらせた後、ふうっと肩の力を抜いた。

武炎は、この人は絶対に、自分を傷つけることはしない――。

「ん……、朱夏」

くちづけの合間に嬉しそうに朱夏の名を囁いた武炎が、ゆっくりゆっくり指を押し込んでくる。

ぬめる指先にやわらかな体の内側を撫でられる初めての感覚を、朱夏は戸惑いつつも受け入れていった。

「ふ、ぁ、ん、ん……」

「ん、痛くないか、朱夏」

「だ、いじょ……、んん」

幾度も朱夏の唇を啄み、表情を確かめながら、武炎が中でくすぐるように指先を動かす。浅い場所にたっぷりと香油を塗りつけた武炎は、一度朱夏に香油を足させると、今度はより深くまで指を進めてきた。

「んぅ、あ、あ……？　……っ、そこ……」

ぬるん、と指先が滑ったのは、ちょうど性器の裏側の辺りだった。それまで慣れない感覚を誤魔化そうと懸命に武炎の唇に吸いついていた朱夏は、唐突に走った甘い疼きに驚いてくちづけを解く。

「ま……、待って、武炎。そこ、なんか変……」

「ん？　ここか？」

「ふぁあっ⁉」

ぷっくりと膨らんでいるそこへ武炎が確かめるように指を這わせた瞬間、紛れもない快感が腰の奥に駆け抜ける。

「な、なに？　なにこれ……」

「大丈夫だ、朱夏。男の体は、ここで感じるようにできてるって話だ」

「なんでそんなこと知って……、っ、や、やめっ、あっ、ぶえ、あっあっあ……！」

武炎の言葉に余計混乱した朱夏だったが、武炎は戸惑う朱夏の疑問の矛先を逸らすように、再びそこを狙って指を動かし始める。

香油でぬめる指を二本に増やされ、一瞬息苦しさを覚えた朱夏だったが、すぐにまた気持ちのいい膨らみを撫で擦られて、あっという間に快楽でいっぱいになってしまった。

「ぅあっ、あ、んんっ、ん……！　ぶ、え……っ、武炎、そこ……っ」

「ん、悦《よ》さそうだな。……よかった」

今まで感じたことのない、重くて鋭い、甘くて濃い快感が少し怖いはずなのに、その快感を与えてくる恋人がほっとしたように呟き、嬉しそうにこちらを見つめてくるものだから、怖さよりも愛おしさの方が勝ってしまう。

乱れる息が、抑えきれない高い声が恥ずかしいのに、唇を優しく啄まれながらぬちゅぬちゅと指を抜き差しされると、もうどうしようもなく気持ちがよくて、きゅんきゅんきゅんと隘路《あいろ》が疼いて。

「朱夏、ほら、香油」

ぬぷりと引き抜かれた指を目の前に差し出されて、朱夏はこくりと喉を鳴らしながら小瓶を傾けた。とろりとした蜜を早く、いっぱい、もっと自分の中に塗りつけてほしくて、たくさん武炎の指に垂らしてしまう。

「っと、随分いっぱい出したな?」

悪戯っぽく笑った武炎が、途中で手を寄り道させて朱夏の花茎を包み込む。ぬるぬるの手でぐちゅぐちゅと上下に扱き立てられて、朱夏はたまらず武炎の手首を押さえ込んだ。

「ひ、あっ、武炎っ、や、出ちゃうから……!」

「……ああ、このまま出していい」

「やだ、や……!」

潜めた低い声で囁かれて、朱夏は快楽に流されそうな体を必死に押しとどめる。

「一緒……っ、一緒がいい……っ」

「……朱夏」

「オレだけ、やだぁ……!」

びくびくと腰を震わせ、透明な蜜を零しながらも懸命に堪える朱夏を見つめて、武炎が呻く。

「ほんとにもう、お前は……」

苦笑した武炎は、そっと朱夏のそこから手を離すと、やわらかく唇を重ねてきた。朱夏の呼吸が少しおさまるのを待って、改めて足の奥に手を伸ばしてくる。

「……じゃあこっち、するな?」

「ん……」

こくんと頷いて、朱夏は武炎の唇に吸いついた。

「武炎」

「ん?」

すぐに答えてくれる武炎になにを伝えればいいか迷って、結局飾りけのない二字が唇から零れ落ちる。

「……好き」

「俺もだ」

に、と笑った武炎が、朱夏の奥に指を潜り込ませてくる。ごつごつと節くれ立った長い指で深い場所を優しく掻き混ぜられて、朱夏は堪えきれず上擦った声を上げた。

「ん……、あ、んぅ、あ、あっ、んんっ」

「……指増やすぞ、朱夏」

押し殺した低い声で告げた武炎が、三本目の指を押し込んでくる。丁寧な愛撫ですっかり蕩けた隘路は、驚くくらいすんなりと男の太い指を呑み込んだ。

「は……っ、あ、あー……っ」

「っ、かーわいい声上げやがって」

敵わねえなあ、と熱い吐息交じりに苦笑した武炎が、揃えた指をゆっくりと抽挿し出す。時折指の腹であの膨らみをそっと撫でられながら、時間をかけて体の奥を拓《ひら》かれていって、朱夏は欠片も不安を感じることなく未知の感覚を快楽として受けとめていった。

「んぅっ、あっ、ん、あ、あ……っ」

ぬちぬちと指が往復する度、熱く潤んだ内壁がじんじんと甘い疼きを募らせていく。気持ちがよくて、でももっとしてほしくて、朱夏は知らず知らずねだるように武炎の名を呼んでいた。

「あ、んんっ、武炎……っ、武炎……！」

「ん……、もう少し、な」

朱夏にというより、自分に言い聞かせるように言った武炎が、香油にぬめる指で朱夏の中を優しく押し拓く。とろとろになった奥がぬちゅう、と蜜糸を引く音が体の中で響くのが恥ずかしくてきゆっとそこに力を入れると、武炎が艶っぽいため息をついた。

「こら、そんな煽《あお》んな、朱夏。我慢が利かなくなるだろ」

「ん……っ、煽ってな……っ、んー……っ」

頭を振る朱夏の中からぬるう、とゆっくり指を引き抜いて、武炎がハア、と熱い吐息を零しながら促す。

「朱夏、香油、足してくれ」

「……や、やだ」

指を差し出す武炎を咄嗟に拒否して、朱夏は香油の瓶を握り込む。しゅーか、となだめるような声にきゅっと唇を引き結んで、朱夏は武炎を見上げて反論した。

「だ……、だって武炎、言っただろ。こういうのはどっちか片方が我慢するもんじゃないって」

「……朱夏？」

当惑する武炎は、どうやら朱夏の言いたいことが分からなかったらしい。

もどかしくなった朱夏は、香油の残りを自分の手に全部空けると、瓶を放り出した。ぬるりと両手に塗り広げ、武炎の下腹で反り返る雄茎を包み込む。

「っ、朱夏⁉」

「こんなになってるのに我慢しないでよ、武炎」

びくびくと脈打つそれは、先ほどよりずっと硬く張りつめ、熱く滾っている。今にも弾けそうなくらい大きく膨れ上がっている雄芯に香油を塗りつけて、朱夏は武炎に告げた。

「オレならもう、大丈夫だから。っていうか、その、オ……、オレももう、……欲しいから」

最後の方はさすがに恥ずかしくて尻すぼみになってしまったが、嘘じゃないと信じてほしくて懸命に言葉を紡ぐ。実際、武炎が丁寧に拓いてくれたそこはもう、うずうずと知らない疼きを覚えていて、指じゃないなにかを、もっと確かな熱を欲して蕩けていた。

「指、もういいから……。これで、し……っ、っ⁉」

言葉の途中で、唐突に身を起こした武炎に伸しかかられ、朱夏は驚いて息を呑んだ。

薄暗闇の中、ギラリと獰猛《どうもう》に目を光らせた武炎が、性急に朱夏にくちづけてくる。

「ん……っ、ぶえ……っ、んんっ」

「……抱くぞ、朱夏」

朱夏の唇に歯を立てた武炎が、獣のように低く唸る。強い力で足を押し開かれ、ぬめる切っ先を押し当てられて、朱夏はぞくぞくと背筋に走る甘い衝動のまま、目の前の男にしがみついて先ほどの言葉の続きを告げた。

「うん……っ、して、武炎……！　んうっ、んっ、ん……！」

淫らな期待にひくつく花弁を、灼熱《しやくねつ》の雄杭が割り開く。

ぐちゅう、と確固たる意思を持って進んでくる熱塊に、朱夏は反射的に身を強ばらせた。気づいた武炎が、息を荒らげながらも幾度も朱夏にくちづけてくる。

「朱夏、……ん、っ、力抜け、朱夏」

「ん、ん……っ、武炎……っ」

逞しい首筋に縋りつき、必死に息を吐いて言われた通り体の力を抜く。

「ふ、あ……っ、んんんん……っ」

「……っ、朱夏」

朱夏の呼吸に合わせて一気に腰を押し進めた武炎が、はあっと大きく息をついて唸った。

「だから煽んなって言っただろうが……」

「は……っ、でも、ちゃんと全部……、ん、全部、挿入ったよ……？」

「……もっと優しくするつもりだったんだよ、俺は」

ぼやいた武炎が、大丈夫か、と顔を覗き込んでくる。

心配そうに眉根を寄せる恋人の額にはうっすらと汗が浮いていた。貼りついている前髪を払ってあげながら、朱夏はニッと笑い返す。

「うん、大丈夫。……ちゃんと優しかったよ、武炎。ありがと」

「こんな時まで礼言うなって」

苦笑した武炎が、ん、と唇を啄んでくる。熱く息を切らしながら幾度もくちづけを繰り返した武炎は、朱夏の様子をじっと窺いつつ言った。

「動くから、きつかったらちゃんと言えよ」

「ん」

「……ちゃんと、言えよ」

「ふは、分かったってば」

念押ししてくる心配性な恋人に吹き出しながら、朱夏は武炎に抱きついた。ゆっくり始まった律動は、まるで寄せては返す波みたいに優しくて、すぐに快感が押し寄せてくる。

「ん、あ、あ……、んん、ん」

ほとんど抜き差ししないまま、張りつめた切っ先でぬちゅぬちゅと奥を掻き混ぜられて、朱夏は心地いい快楽を素直に受け入れた。

「は……、んん、武炎……っ、それ、奥、気持ちい……っ」

「ん、俺もだ」

すごくいい、と笑みを零した武炎が、甘く舌を噛んでくる。じゅわ、と溢れた蜜ごと舌を吸われて、朱夏はきゅんきゅんと雄を喰《は》んだ隘路を疼かせた。

「……っ、朱夏」

朱夏の体が自分に馴染んできたのを察したのだろう。嬉しそうに目を細めた武炎が、少しずつ腰の動きを大胆にしていく。

ぐぷ、ぐちゅっと打ちつけられ始めた雄杭の熱さに、朱夏は自分の体がまるで内側から溶かされるような錯覚を抱いた。

「んぅっ、あ、あ……っ、武炎、あ……っ、んんん……！」

絡みついてきた手に花茎をくちゅくちゅと扱き立てられ、同時に性器の裏側の膨らみを雄茎でぐりぐりと押し潰される。二ヶ所を同時に責められて怖いのに、……怖いはずなのに、触れ合う肌の熱さが、直に感じる鼓動の早さが、くちづけの合間に零れる息の忙しさが、情欲に艶めく黒い瞳の強さが嬉しくて、もっとしてほしい、もっと求めて欲しいと思ってしまう。

もっともっと、この人に求められたい。

この人の全部が欲しい。

「は……っ、朱夏、もっとだ。もっと、全部、俺にくれ……！」

「武炎……っ！　うんっ、ん……っ、あ、あああ……！」

同じ想いをぶつけてくれた武炎が、一際強く腰を打ちつけてくる。

深く交わった場所が熱いもので濡れた瞬間、朱夏もまた、武炎の手の中で埒を明けていた。

「あ……っ、あ、ん、んんん……っ！」

「……朱夏」

押し殺した声で囁いた武炎が、唇を重ねてくる。

好きだ、と落ちてきた吐息を受けとめながら、朱夏はそっと目を閉じた。

幸せで幸せで、――泣いてしまいそうなくらい幸せな、夜だった。

そろりと身を起こして、朱夏は隣で眠る男をじっと見つめた。

少し髪の乱れた寝顔は、普段よりずっと幼く見える。

すうすうと規則的な寝息を漏らすその高い鼻を、朱夏は指先でちょんとつついた。

「んごっ」

「……ふは」

一瞬変な声を上げた武炎に、思わず笑みが零れる。そのまますうすうとまた夢の中に戻っていく恋人をしばらくじっと見つめた後、朱夏はふっとその顔を引き締めた。昨夜の情交の名残で少し軋《きし》むような感覚の体にきゅっと唇を結び、静かに寝台を抜け出す。

暁《あかつき》の空はまだほの暗く、夜の気配を残している。けれどもう、行かなくてはならない。

物音を立てないよう、気をつけながら身支度を整えた朱夏は、武炎の執務室に移動すると、文机に向かった。

新《さら》の書簡を広げ、筆を借りて、武炎への手紙をしたためる。

――書き出しは、どうしても謝罪の言葉になった。

黙っていなくなること、今まで打ち明けられなかったが、実は自分は義賊で、脅されて玉璽を盗もうとしていたこと。武炎と交流を続けるうちに事の重大さに気がつき、養父母を逃がして自分も身を隠すつもりだったこと、そして――。

『オレを脅してきた黒幕は、もしかしたら武炎を皇帝の座につけようとしている奴かもしれない』

筆をとめて、朱夏は一つ息をついた。

不確かなことは書けない。

けれど、昨夜のジャベールの言葉を思い返すうち、ふと閃いたのだ。

(……ジャベール様は、武炎の他に皇帝の座に即《つ》けるような実力の持ち主はいないって言ってた。だとしたら黒幕は、自分が皇帝になろうとしているんじゃなく、武炎を皇帝にしようとしている奴かもしれない)

刺客に襲われた朱夏を助けてくれた夜、武炎は言っていた。武炎を利用して利権を得ようとしている者が多くいる、と。

(黒幕はきっと、その中の誰かだ。燕麗帝を皇帝の座から引きずり下して、武炎を皇帝にしようとしている奴が、きっといる)

もっと早く気づいていれば、それが誰か突きとめられたかもしれない。だが、どんなに後悔したところで過ぎた時間は決して巻き戻らない。

『曖昧なことしか書けなくて、ごめん。でもどうか、どうか気をつけて。……元気でいて』

いつか話してくれたように、彼がこの国を旅立つ日が早く来るといい。

それは、この国が燕麗帝の治世の下、安定したという証しでもあるから。

『一緒に色んな国に行くって約束したのに、ごめん。結局こうしなきゃいけないって分かってたのに、オレも好きだって言って、ごめん。自分勝手で、本当にごめん』

いくつもの謝罪を連ねて、朱夏はようやく筆を置いた。

しっかり墨が乾いたのを確かめてから、音を立てないよう注意して書簡を巻き、髪を留めていた紐でぎゅっと縛る。少し考えてから、朱夏はその手紙を置き台ごとに分けた書簡の山の一つ、十日ほど後に締め切りを迎える山の中に紛れ込ませた。

続いて、別の書簡に簡潔に走り書きを残す。

『風邪をひいたみたいだから自分の部屋に帰る、二、三日休みをもらうかもしれないけど、うつるといけないから見舞いは不要』とだけ書き、あえて文机の上に広げっぱなしにして、すぐ気づくようにしておく。

こうしておけば、武炎が先ほどの手紙に気づくまで数日時間を稼げるだろう。本当は早く玉璽を狙う者がいると知らせたいが、すぐに行方を探されて自分の所在が明らかになってしまったら、養父母の身が危険だ。

（……嘘ついてごめん、も書いておくべきだったかな）

そう思いかけて、朱夏は頭を振った。

そんなの、まるで昨夜の自分の告白が嘘だったと言っているみたいだ。

こんな別れ方を選んでおいて身勝手この上ないが、それでもそれだけは絶対にしたくない。

武炎への想いを否定することだけは、なにがあってもできない――。

（……行かなきゃ）

遠くから、夜明けを告げる鶏鳴《けいめい》がかすかに聞こえてくる。急がなくては、宮廷の役人の朝は早い。

立ち上がった朱夏は、寝台でまだ眠っている恋人をじっと見つめた後、きつく唇を噛んだ。

「……っ、さよなら、武炎」

このままあのあたたかい腕の中に戻りたい衝動を必死に堪えて、そっと部屋を出る。

念のため、廊下の端に立っていた見張りの兵たちにも、風邪をひいたから二、三日休みをもらうことになりそうだと伝えて、朱夏は自分の部屋へと急いだ。

すでに荷物はまとめてあるから、あとは人目につかないよう、そっと後宮を抜け出すだけだ。

（義父さんは南方の出身だから、きっと二人は南方に向かったはず……。だとしたら、オレは北を目指そう）

おそらく自分は見張られているはずだから、追っ手の注意を自分に向けて、二人を安全に逃がさなければならない。

（できる限り追っ手をこっちに引きつけつつ、捕まらないように逃げないと……）

自分にそんなことができるだろうかと思うと不安が込み上げてくるが、たとえどんな無理難題でもやるしかない。

ぐっと唇を引き結び、改めて覚悟した朱夏が自分の部屋の前まで辿り着いた、その時だった。

「朱夏」

唐突に、廊下の奥から声がかけられる。反射的にそちらを向いた朱夏は、そこにいた思いがけない人物に驚いた。

「雷雷？　どうしたんだ、こんな朝早くに」

「ちょっと早く目が覚めてな。朱夏こそ、こんな早くからどこに行ってたんだ？」

「オレは……」

答えかけて、朱夏はふと気づく。

雷雷の部屋は、自分の隣だ。早く目覚めた彼がここにいること自体は、なんの不思議もない。

だが、彼の部屋は廊下の奥ではなく手前、つまり逆隣だ――。

「……オレは、昨夜武炎のとこに泊まったんだ。ちょっと話し込んじゃってさ」

この廊下の奥には、空き部屋しかない。こんな早朝からなにか用があって、雷雷がそちらに行っていたとは考えにくい。

だが、今それを指摘するのは、どう考えても悪手だ。

朱夏は緊張に身を強ばらせながらも、どうにか平静を装った。

まさかとは思うし、友達を疑いたくなんてないが、確かに雷雷なら自分の一挙手一投足を見張ることも容易だっただろう。ぞっと背筋に冷たい汗が流れるのを感じつつ、とにかくこの場を離れなければと適当な理由をでっち上げる。

「……でも、武炎のとこに忘れものしちゃったみたいだから、ちょっと取ってくるよ。じゃあ、また後で……」

だが、踵を返そうとしたその瞬間、朱夏の首筋にひたりと冷たいものが押しつけられた。

「……案外勘がいいな」

低い声で呟いた雷雷が朱夏の首筋に押しつけていたのは、精緻な龍の細工が施された匕首だった。

「っ、雷雷、お前……、……っ！」

やはり彼があの猿面の男だったのかと目を瞠った朱夏だったが、次の刹那、雷雷が匕首の柄で朱夏の首元をトンと叩く。

ごく軽い衝撃だったのに一撃でくらりと目の前が歪んで、朱夏は呻き声を上げて倒れ込んでしまった。

「う……」

「……っと」

ぐらりと傾いだ朱夏の体を受けとめた雷雷が、歌うように楽しげな声で言う。

「悪いな、朱夏。けど、今お前にいなくなられたら困るんだ」

（この……っ）

遠ざかる意識の中、朱夏は脳裏に浮かんだ男の名を必死に呼ぼうとする。

「ぶ、え……」

最後まで紡がれることのなかった声は、誰の耳にも届かず闇に呑まれた——。


——ぴたぴたと、頬に冷たいものが当てられている。

よく知る優しい指先とはまるで違うその感触に、朱夏は眉を寄せつつ重い瞼を上げた。

「ん……」

「お、ようやく気づいたか。気分はどうだ？」

「……？　……っ、お前……！」

ぼんやりと見上げた先には、忘れもしない、あの猿面の男がいた。瞬間、一気にすべてを思い出した朱夏は、彼に摑みかかろうとして目を見開く。

「な……っ」

床に座らされた朱夏は後ろ手に拘束され、太い柱に縄で縛りつけられていたのだ。

「……っ、解けよ、雷雷」

最初に会った時と同じ、黒い装束に身を包んでしゃがみ込んでいる彼を睨む。

すると、片手で面を取った雷雷が、肩をすくめて言った。

「悪いけど、それはできない。オレも雇われの身でさ」

「お前、誰の命令でこんなこと……！」

「誰のって……」

きょとんとした雷雷が、ニヤッと笑って答える。

「強いて言うなら、この国の正義の番人、かな」

「ふざけるな……！」

人を脅して玉璽を盗ませようとした挙げ句、こんなことまでして、なにが正義の番人だ。

視線を一層険しくした朱夏だったが、雷雷はスッと表情を改めると先ほど朱夏の頬を叩いていたのであろう、匕首の切っ先を突きつけてきた。

「で、玉璽はどうした？」

「……期限は一週間後だ」

答えをはぐらかしつつ、朱夏は素早く辺りに視線を走らせる。

（どこだ、ここ……）

薄暗い部屋には、饐《す》えたような匂いが充満していた。

太い梁から縄や鎖が垂れ下がり、そのうちの幾つかには大きな円盤状の首枷が繋がれている。棚には牛刀のような大きな刃物や鋸《のこぎり》、鉈がずらりと並べられ、その横には石が積み上げられていた。足枷が取りつけられた木製の椅子、その周辺に飛び散る真っ黒な染み――。

（……っ、ここって……！）

拷問部屋、という言葉が頭をよぎって、朱夏は身を強ばらせた。

後宮内の警備を管轄しているのは宦官だから、おそらくここは宦官の管理する棟の一角だろう。

燕麗帝の世になってから非人道的な拷問は禁止されたと聞いていたが、部屋自体は残っていたらしい。

雷雷は、今からここで自分を拷問するつもりなのだろうか。逃げ出そうとしていた自分がまだ生かされているのは、もしかしたら玉璽の在り処を知っていると思われているのかもしれない。

「……まだ、あと一週間ある」

こちらを見つめる雷雷をじっと見つめ返しながら、朱夏は慎重に言葉を選んで逃げ道を探した。

拷問なんて冗談じゃないが、ここで逃げようとしていたことを認めたり、玉璽の在り処を知らないことを悟られたりしたら、殺されてしまうかもしれない。

「期限より前に拷問するなんて、約束が違うだろ！」

どうにか交渉しなければと朱夏が唸った、その時だった。

「……逃亡しようとしていた君が言う言葉ではないと思いますが」

部屋の奥の暗がりで、苦笑交じりの声が響く。

聞き覚えのあるその声に、朱夏は大きく目を瞠った。

「な……っ、え……!?」

まさか、そんなはずはない。

彼が黒幕なんて、そんなことあっていいはずがない——。

「それに、拷問をするつもりはないですよ」

穏やかな声と共に、暗がりから男が姿を現す。

感情の読めない、細い目。

暗闇に溶けていた漆黒の衣は、高位の宦官にだけ許されたもので——。

「君は話せば分かってくれる。そう思ったからこそ、雷雷にここへ連れてくるよう命じたんです。……私がね」

「林明様……」

よく見知ったその姿に、朱夏は絶望の呻き声を上げた。

「なんで、あなたが……」

見間違いではないか、悪い夢を見ているのではと何度も瞬きを繰り返すが、目の前の光景は変わらない。そこにいたのは紛れもなく武炎の幼馴染みであり彼の右腕である林明、その人だった。

「どうして……！」

何故彼がここにいるのか、本当にこの人が黒幕なのかと混乱しきりの朱夏に、林明が首を傾げて問う。

「おや。なにがそんなに不思議ですか？」

「だ……っ、だって、あなたは武炎のことを誰よりも理解してるはずだ……。武炎を小さい頃から知ってて、今だって一番近くにいて、……っ、なのになんで……！」

武炎の一番の理解者であるはずの林明がどうしてこんなことをと非難の目を向けた朱夏に、林明が苦笑して言う。

「理解しているからこそ、ですよ。武炎は、自分は皇帝の器ではないなどと言って、帝位を継がないと公言している。彼は、一度言ったことは覆さない男です。このままでは本当に、彼以外の者が次の皇帝になってしまう」

「……それのなにが、いけないんですか」

朱夏は、懸命に気持ちを落ち着かせて聞き返した。

まさか林明が黒幕だったなんて、まだ信じ難いし、信じたくないと思ってしまう。

けれど、事実は事実だ。この人が黒幕だったのなら、自分はこの人をとめなければならない。

朱夏は林明をまっすぐ見据えて告げた。

「武炎は、自分が次の皇帝を目指せば争いが起きるって言ってました。やっと立ち直りかけているこの国を混乱させると分かっていて、無責任なことはできないって。だから……」

「ではあなたは、他の誰が燕麗陛下の跡を継げば、争いが起きないと思いますか？」

言葉を続けようとした朱夏を遮って、林明が問いかけてくる。痛いところを突かれて、朱夏は答えに窮した。

「それは……」

「結局、誰が後継者になろうが揉めるんです。ですが、武炎であればその争いは最小限で済むし、混乱をおさめることも可能だと、私は思います」

「で……、でも、武炎は皇帝になりたいわけじゃありません」

林明の主張に呑まれそうになって、朱夏は懸命に反論した。

「武炎は、自分の願いはこの国を豊かにすることで、皇帝になることじゃないって言ってました。その彼に皇帝の役目を押しつけるのは間違ってます。今、他に適任者がいなくても、これから育てれば……」

「ところが、そんな悠長なことは言っていられないんですよ」

肩をすくめた林明が、困ったように言う。

「燕麗陛下の政策は、貧困層の庶民を救うことに重きを置いています。貴族の中には、それを不満に思う者も多い。陛下のお命を狙っているのは、なにも郭夫人だけではないんです。万が一今、燕麗陛下の身になにかあれば、混乱は必至。その前に、誰もが納得する跡継ぎを定めておくべきだとは思いませんか？」

「……だからって、武炎を皇帝にというのは乱暴だと思います」

畳みかけるような林明に、朱夏はそれでも頷くことなく言った。

「確かに、今陛下になにかあったら国中が混乱するでしょう。もしかしたら、結局武炎が帝位を継ぐことになるかもしれない。けど、今優先すべきはそのために跡継ぎを決めるのではなく、そんな事態が起きないように陛下をお護りすることのはずです」

林明の言い分は、ともすると正しいように聞こえる。だが、彼のこれまでの言動を考えると、矛盾を覚えずにはいられない。

朱夏はまっすぐ林明を見つめると、疑問をぶつけた。

「……どうしてジャベール様に罪を着せようとしたんですか」

思い返せば、これまで林明は事あるごとにジャベールに疑いがかかるよう仕向けていた。今までは噂に惑わされて誤解していたのだろうと思っていたが、林明が黒幕である以上、出所不明なジャベールの悪い噂は彼が流したものと考えて間違いないだろう。

それだけではない。

「あの暗殺者は、本当に郭夫人の手先だったんですか？　……あなたが、指輪を仕込んだのでは？」

そもそも、兵に囲まれて自害するような暗殺者が、自分の依頼主に繋がる品物を所持していること自体おかしい。遺体を検《あらた》めた林明が、秘密裏に郭夫人の指輪を仕込んだのではないだろうか。

それどころか、暗殺者自体、林明の差し金だった可能性すらある。


――武炎を皇帝にするには、燕麗帝を亡き者にするのが一番の近道だからだ。

「混乱が起きる前に武炎を後継者にするべきだと、あなたは言った。でも、あなたはむしろ混乱を引き起こそうとしているようにしか見えない。オレに玉璽を盗むよう指示したのだってそうです。もしオレが本当に玉璽を盗んでいたらどれだけ世の中が混乱するか、あなたには分かっていたはずだ」

「………………」

「武炎が跡継ぎに立候補しないのは、今以上の混乱を招いて、燕麗陛下を危険に晒すのを避けるためです。それなのに、あなたはむしろ武炎を皇帝にするために混乱を起こそうとしている。……武炎の気持ちを、無視して」

もしかすると林明は、それがこの国のためになると本気で思って行動しているのかもしれない。

それでも、彼のやり方が正しいとは、どうしても思えない。

朱夏はまっすぐ林明を見据えたまま、きっぱりと言った。

「林明様、あなたのやり方は、間違ってます。本当にこの国のためを思うなら、もっと違うやり方が、……正しいやり方が、あるはずだ。どうか考え直して下さい」

今ならまだ間に合う。自分のように罪を犯す前に思いとどまってほしい。

そう思いながら訴えた朱夏を、林明はしばらくじっと見つめていた。ややあって、おもむろに静かに問いかけてくる。

「君は、見たくはありませんか？　武炎がこの国の長となり、すべての民を治めるところを。彼が何者にも邪魔されず、思うさま采配を振るうところを」

「……見たくない、と言ったら、嘘になります」

後ろ手に拘束されたまま、朱夏は林明を見上げて正直に答えた。朱夏の答えを聞いて、林明が薄く笑みを浮かべる。

「そうでしょう。ならば……」

「でも、オレはもう、二度と間違えないって決めたんです」

林明を遮って、朱夏はきっぱりと言いきった。

今まで自分はたくさん、たくさん間違いを犯した。

だからこそ、もう間違えない。間違えては、いけないのだ。

あの夜覚えた後悔を、二度としないために。

「それがどんなにいい選択に思えても、罪は罪です。間違えちゃいけない。林明様、あなたはここで立ちどまらなきゃいけない！」

「…………」

叫んだ朱夏に、林明がスッとその目を見開く。涼やかなその双眸で朱夏を見つめて、林明はふっと笑みを浮かべた。

「……君は本当に、思った以上の逸材だ」

「え……」

「とんだ誤算でしたが、私の人生で一番意味のある大誤算になりそうです」

にこ、と穏やかに微笑む林明に、朱夏は違和感を覚える。

（逸材？　誤算って……？）

言葉の意味を量りかねて当惑する朱夏だったが、その時、部屋の奥から一人の宦官が駆けてきた。

「林明様！　お逃げ下さい！　兵がこちらに向かっております！」

「……思っていたより早かったですね」

呟いた林明が、宦官を振り返って言う。

「分かりました。皆、集まっていますか？」

「はい！　どうぞこちらに！」

おそらくそこから入ってきたのだろう。部屋の奥にある裏口の扉を大きく開けて言う宦官に頷いて、林明が雷雷に命じる。

「彼の始末を」

「……はい」

匕首を手にした雷雷が歩み寄ってくるのを見て、朱夏は身を強ばらせた。

「雷雷……！　お前も同じ考えなのか⁉」

「まさか」

カラリと笑った雷雷が、朱夏の喉元にぴたりと匕首を当てて言う。

「オレみたいな商売してる奴に、そんなご立派な思想も考えもあるわけないだろ」

「……っ、雷雷……」

「オレはただ、雇われてるだけだ。……正義の味方に、な！」

匕首を振り上げた雷雷が、くるりと手首を返す。振り下ろされる刃に、思わずぎゅっと目を瞑った朱夏だったが、次の瞬間、聞こえてきたのはブツッという縄の切れる音と、雷雷の叫びだった。

「立て、朱夏！」

「っ、え⁉」

「走れ！　あっちだ！」

林明が向かっているのと反対側を指さされ、朱夏は弾かれたように立ち上がって駆け出す。ヒュウッと口笛を鳴らした雷雷が、楽しそうな声を上げた。

「よし、やっぱ勘いいな、朱夏！」

「お前……！」

憤った宦官の声がするや否や、カンッと高い音が響く。

振り返った朱夏の目に、宦官の剣を匕首で受けとめる雷雷の姿が映った。

「この、裏切り者！」

「悪いが、オレの雇い主は最初っからあんたらじゃないんだ！」

揚々《ようよう》と告げた雷雷は余裕《よゆう》綽々《しゃくしゃく》といった風情だが、得物は不利だ。加勢すべきかと足をとめようとした朱夏だったが、その時、目の前の扉が勢いよく開いた。

「……っ、わ……！」

眩しさに思わず目を瞑った朱夏の耳に、間違えようのない声が届く。

「朱夏！」

「武炎……⁉」

驚く朱夏を抱きとめた武炎が、背後に向かって鋭く命じる。

「かかれ！　取り押さえろ！」

武装した兵たちが、武炎の一声でワッと部屋の中になだれ込む。朱夏は目を丸くして武炎に問いかけた。

「え……、な、武炎？　なんで？　知って……⁉」

「説明は後だ。怪我ないな、朱夏⁉」

「な……、ないけど……」

縄で縛られていた手首がちょっと痛いくらいで、かすり傷一つしていない。してはいないけれど、これは一体どういうことなのか。

混乱する朱夏をよそに、背後でどよめきが起きる。見れば部屋の奥の裏口から、幾人もの武装した宦官たちが躍り出てきたところだった。

「林明様、お逃げ下さい！」

「こちらに！　お早く！」

　宦官たちが、口々に林明を促す。ええ、と頷いた林明に、武炎が声を上げた。

「林明！　お前……っ！」

　青龍刀を手に唸る武炎をチラッと見て、林明が踵を返す。扉に駆け寄る林明の姿にチッと舌打ちして、武炎が叫んだ。

「追え！　朱夏、ここにいろ、いいな！」

「ちょ……っ、待って、武炎！」

　兵たちに命じつつ駆け出そうとした武炎を、朱夏は咄嗟に押しとどめた。

「なんか……、なんか変だ！」

「……なにがだ」

「だって、おかしいよ。林明様、まるで武炎がここに来ることが分かってるみたいだった」

　膨れ上がる違和感をこのまま放置してはいけない、無視してはいけないと、直感的にそう思う。

　宦官に兵が迫っていると知らされた時、林明は思っていたより早かった、と呟いた。

　朱夏のことを、思った以上の逸材だ、とんだ誤算だと、言ったのだ。

（林明様は、オレに玉璽を盗ませる気だった。だから、普通に考えればオレが玉璽を盗み出さなかったことが誤算だったたって意味だろう。……でも、本当にそうか？）

　朱夏の知る林明は、おそろしく頭のいい切れ者だ。慎重で観察眼が鋭く、なにかする時は何重にも策を張り巡らせるような人だ。

　そんな人が、巷でちょっと名が知れているくらいの盗人に、後宮で厳重に保管されてる玉璽を盗むことができると本気で考えるだろうか。

　それこそ雷雷の方が、自分よりよほど腕も立つし頭も切れる。本気で玉璽を狙うなら、付け焼き刃の知識で後宮に放り込んだ自分よりも、雷雷に命じた方が確実だ。

　つまり林明は、最初から朱夏に玉璽を盗ませる気はなかったのだ――。

（多分……、多分だけど、林明様はオレが失敗するのを見越していた。けど、オレが途中で思い直して玉璽を盗むのをやめたから、誤算だって言ったんだ）

　では、林明はなんのためにわざわざ朱夏を後宮に送り込んだのか。それは、おそらく――。

「まさか最初から、宦官たちの粛清をするつもりだった……？」

　辿り着いた答えに、朱夏は茫然とした。だが、そうとしか思えない。

　林明が、盗めるはずもない玉璽を盗めと命じ、その目論見が頓挫《とんざ》するや否や朱夏を拉致《らち》したのは、――捕まるためだ。

　朱夏が玉璽を盗もうとして失敗すれば、当然朱夏を後宮に送り込んだ者に捜査の手が及ぶ。おそらく林明はそこに自分の痕跡を残し、疑いの目が自分に向くよう仕向けていたはずだ。

　だが、朱夏は途中で思い直し、逃亡しようとした。だから林明は、雷雷に朱夏を捕らえるよう命じたのだ。反逆者として、捕まるために。

（林明様のことだから、雷雷が自分の味方じゃないことにも気づいてたはずだ。雷雷から情報が流れることも、武炎が駆けつけることも知っていた）

　林明は、武炎に自分を捕らえさせるため、わざと朱夏を誘拐したのだ。そして、彼がそうする理由はただ一つ。

　――それが、武炎のためになると信じているからだ。

（林明様は、いつだって武炎のために行動していた。誰よりも武炎の近くにいて、誰よりも武炎のことを理解しているあの人が、武炎の意思を無視して世の中を混乱させるなんて、やっぱりするは

ずがない）

林明はこれまで、宮廷内の不満分子をなだめ、武炎や燕麗帝との橋渡しをする役目を担ってきた。その林明が宦官たちを束ねて反旗を翻したのは、宮廷内に根強く残る不満分子を一掃するためだ。

林明はおそらく、自分が汚名を着ることで、武炎や燕麗帝を脅かす者たちを道連れにしようとしている――。

「……朱夏」

俯き、苦々しい声で唸った武炎に、朱夏は大きく目を見開いた。

――気づいていたのだ、武炎も。林明の、隠された真意に。

「とめないと……っ！　武炎、林明様を追うのを今すぐやめさせて……」

「それは、できない」

「なんで！」

飛びかかるようにして武炎に掴みかかった朱夏に、歩み寄ってきた雷雷が言う。

「朱夏、ここまできたらもう、遅いんだ。林明様は、引き返せないところまで進んでしまった」

「っ、なに馬鹿なこと言ってるんだよ！」

雷雷に叫び返して、朱夏は武炎の顔を覗き込む。

「武炎、遅すぎるなんてことない！　早くしないと、林明様を失うことになる……！」

「……だが、それがあいつの望みだ」

「武炎！」

ぐっと拳を握りしめ、低い声で呻いた武炎の甲《かっ》冑《ちゅう》を掴んで、朱夏は瞳に怒りを燃え上がらせた。

「本気で言ってるのか⁉　本人が望んでるから、このままでいいって⁉」

「…………」

「違うだろ、武炎！　間違えたら殴ってでもとめるのが、友達だろ！」

叫んだ朱夏に、武炎が目を見開く。

ようやくこっちを見た男に、そうだろ、と強い視線で訴えて、朱夏はその胸をドンと押した。

「行けよ、武炎。林明様をとめられるのは、武炎しかいないんだから」

「……ああ。ありがとな、朱夏」

先ほどとはまるで違う顔つきで、武炎が走り出す。その背を見送る朱夏の元に、雷雷が歩み寄ってきた。

「無理難題言うなあ、朱夏。とめるったって、どうするんだよ」

「なんとかするしかないだろ。っていうか、雷雷」

ギロ、と雷雷を見やって、朱夏は問いただす。

「結局お前の雇い主って、武炎なのか？　いつから？」

「いやあ、それは……」

ヘラリと笑って答えかけた雷雷が、スッと表情を変える。見れば、物陰に潜んで兵たちをやり過ごしたらしい数人の宦官が、剣を手にこちらに向かってきていた。

「……朱夏、二人いけるな？」

素早く懐から短剣を取り出した雷雷が、朱夏に放り投げて寄越す。朱夏は短剣を受け取りつつ、雷雷に文句を言った。

「なんだよ、二人って！　お前の方が相手する人数多いの、ずるくない⁉」

「怒るのそこか？　だってオレの方がお前より強いし」

「オレだって、武炎に稽古つけてもらってちょっと腕上がったんだからな！」

「はは、じゃあ三人な。こっからそっち、頼む」

のんびり言った雷雷を軽く睨んで、朱夏は念押しした。

「……お前、ちゃんと後で説明しろよ」

どうやら雷雷は味方のようだが、それがいつからなのか、どうして正体を明かさなかったのか、聞きたいことは山ほどある。

「逃げんなよ。逃げたら友達やめるからな」

「……まだ友達でいてくれるのか」

「同じ蛙、食べた仲だろ」

　ムスッとしつつもそう言った朱夏に嬉しそうに笑った雷雷が、くるりと匕首を回して頷く。

「分かった、後でちゃんと説明する。……来るぞ、朱夏」

「……っ！」

　奇声を上げて突っ込んでくる宦官たちは、型もなにもめちゃくちゃで武術の心得はないようだが、その分死に物狂いで厄介だ。朱夏はフッと息をついて呼吸を整えると、襲いかかってくる宦官たちの動きをよく見て地を蹴った。

「……っ！」

　振り下ろされる長剣をかわし、がら空きの懐に飛び込む。鞘《さや》からは抜かないまま、鳩尾を狙って短剣を叩き込むと、宦官はぐうっと呻いて気絶し、その場に倒れ伏した。

「う……っ、こ、この……っ」

　たじろぐもう一人に駆け寄り、足払いをかける。倒れ込んだ男の裾を、素早く鞘から抜いた短剣で床に縫いとめた朱夏は、彼の手から転がり落ちた長剣を取り、最後の一人が振り下ろした一撃を受けとめた。

「ぐ……！」

「小僧、貴様……！」

　殺意にギラギラと目を煮え滾らせる男は、前の二人よりも随分と体格のいい巨漢だった。

　床に片膝をついて必死に剣を受けとめ続ける朱夏の顔がじょじょに歪み出すのを見て、男がニヤリと笑う。

「我らに楯突いたこと、後悔させてやる……！」

　優位を確信した男が、大きく剣を振りかぶったその瞬間、朱夏は床に手をついて思いきり男の股間を蹴り上げた。

「う、ぐああ……っ！」

　苦悶の声を上げた巨漢の体が、ぐらりと傾ぐ。

朱夏が素早く身を翻して立ち上がると、巨漢は裾から短剣を引き抜こうともがいていた二人目の男の上に倒れ込んだ。

「おお、やるな、朱夏」

自分も三人目を伸した雷雷が、最後のは痛そうだけど、と苦笑する。軽口を叩く彼をよそに、朱夏は長剣を手に駆け出した。

「早く武炎のとこに行かないと……！」

「うわ、勝手に動くなよ、朱夏！　ああもう！」

ぼやいた雷雷が、ちょうど後ろから押し寄せてきた増援の兵にあとを任せて追いかけてくる。

扉から飛び出すと、そこはもう外だった。どうやらあらかじめ建物の周囲を取り囲んでいたらしく、宦官たちが次々と兵に取り押さえられている。

そのただ中で、武炎は林明と剣を打ち交わしていた。二人のあまりの気迫に気圧されているのだろう。周囲は息を呑んで見守っている。

「武炎！」

息を弾ませて駆け寄った朱夏をチラッと見やって、武炎が唸る。

「下がってろ、朱夏！　手を出すな！」

「……っ、うん」

でも、と口をついて出そうになった反論の言葉を呑み込んで、朱夏は頷いた。

一つも息を乱さず、静かな瞳で重い青龍刀を軽々と振るっている武炎とは裏腹に、林明の髪は乱れ、息も上がっている。加勢せずとも、勝敗は明らかだった。

「っ、やはり、力仕事は私の領分ではありませんね」

「……そう思うなら剣を下ろせ、林明」

「嫌ですよ。途中で降参するくらいなら、最初からあなたに剣を向けるわけがないでしょう」

にこ、とまた口元だけで笑って、林明が長剣を構える。苦い表情を浮かべた武炎が、ため息をついて言った。

「なら、強制的に膝をつかせるまでだ」

「……っ！」

ダンッと力強く一歩踏み出した武炎が、一瞬の隙をついて林明の胴を青龍刀の柄で叩く。鮮やかに刃を閃かせた武炎は、青龍刀の反りの部分で林明の長剣を引っかけた。得物を取り落とすまいと剣を握りしめた林明の膝裏を、再び青龍刀の柄で強かに打ち据える。

「あ……！」

よろめいた林明が、長剣を取り落として膝をつく。慌てて手を伸ばした林明だったが、その指先が触れるより早く、武炎が剣を蹴って遠ざけた。ピタリと鼻先に突きつけられた青龍刀が、静謐《せいひつ》な光を放つ。

「……投降しろ、林明。お前が何故こんなことをしたのか、詮議の場で真意を全部話してくれ。そうすれば……」

「無罪放免、ですか？　お断りします」

肩で息をしながらも、林明が細い目をますます細めて微笑む。

「そんなことをすれば、あなたは友人に甘い男と侮られます。それどころか、捕らえた者たちの中から、私と同じ意図で動いていたと言い出す輩が出てこないとも限らない。あなたが思うより、宦官は狡猾《こうかつ》で抜け目のない生き物なんですよ」

「……林明」

いつも通り、飄々《ひょうひょう》とした口調を崩さない林明に、武炎が声を歪ませる。

竹馬《ちくば》の友を見上げて、林明はきっぱりと言った。

「どうかこのまま殺して下さい。一人の愚かな宦官として」

「……っ」

スッと瞼を上げた林明が、ひたと武炎を見つめる。

青龍刀の柄を握りしめる武炎の手にぐっと力が込められた、――その時だった。

「そこまでです」

凛とした女性の声が、その場に響き渡る。

武装した侍女たちを従えて現れたのは、誰あろう燕麗帝その人だった。

「……危険を伴うから、陛下には事が終わってからお知らせせよと命じていたのですが」

眉根を寄せた武炎が、燕麗帝の手を恭しく取って護衛しているジャベールを見やって、ため息をつく。

「お前か……」

「当然だろう。私の忠誠と愛は、すべて陛下のものだからな」

フフンと何故か自慢げな顔をするジャベールの横で、雷雷が挙手する。

「あ、すみません、オレも逐一陛下に報告してました。正義の味方の命令に従わないわけにはいかないんで」

「っ、雷雷の雇い主って、まさか……」


驚いた朱夏に、燕麗帝が悪戯っぽく微笑んで明かす。

「言ったでしょう？　宮中には私の目や耳となってくれる者が大勢いる、と。雷雷もその一人です」

穏やかに言う燕麗帝に、雷雷が拱手する。

朱夏は思わず唸ってしまった。

「武炎の命令でもなかったんだ……」

「俺もついさっき、雷雷が陛下の手の者だと知ったばかりだ」

苦い顔つきで、武炎が言う。

「林明の命令で朱夏を連れ去ったから、兵を率いて奪還しに来いって付け文が届いてな。こいつ、最初から陛下の指示で林明に近づいた上で、俺んとこにもちゃっかり潜り込んでやがった」

「人聞き悪いこと言わないで下さいよ。オレを侍従に取り立ててくれたのは武炎様じゃないですか」

悪びれない様子で言った雷雷が、朱夏に詫びてくる。

「ああでも、朱夏はごめんな。林明様の動向を見張るために、正体を隠しておくようにって言われててさ。ずっと教えてやれなくて悪かった」

「……いいよ、もう」

おそらく雷雷は、朱夏を見張れという林明の命令に従う振りをしつつ、朱夏に危険が及ばないよう、近くで見守ってくれていたのだろう。

真相が分かった朱夏は、肩をすくめて雷雷を許した。

「友達だからな。許すよ」

「……ありがとな、朱夏」

ほっとしたように笑みを浮かべる雷雷に、仕方ないなと苦笑した朱夏だったが、その時、燕麗帝が前に進み出てくる。

さっと拱手した一同を見渡した女帝は、一人地に膝をついたままの林明を見据えて言い渡した。

「林明、あなたを流罪とします」

「……いいえ、陛下。反逆者に手心を加えてはなりません。どうか私のことは、死罪に」

まっすぐ燕麗帝を見上げて、林明が言う。

「私を極刑にすれば、向こう十年は陛下に刃向かう者は現れないでしょう。捕らえた宦官たちも、残らず処刑を」

「林明、貴様……！」

「始めから我らを謀《たばか》っていたのか……！」

兵に押さえ込まれた宦官たちが、怨嗟《えんさ》の声を上げる。悔しげに睨む宦官たちに、林明は涼やかな笑みを向けた。

「甘言に乗ったそなたたちが二流だったまでのこと。宦官たる者、裏の裏まで読まないでどうする」

「この……！」

罵詈雑言《ばりぞうごん》を叫びながら、宦官たちが兵に引っ立てられていく。

細い目をますます細めつつそれを見送って、林明は再び燕麗帝に願い出た。

「陛下、どうか私に死罪をお申しつけ下さい。この国のために」

「……、では」

林明を見つめた燕麗帝が、スッと口を開く。

朱夏は咄嗟に駆け寄り、二人の間に割って入っていた。

「お待ち下さい！」

「っ、朱夏くん」

「恐れながら申し上げます！　林明様は、武炎の指示で動いていただけです！」

無我夢中で叫んだ朱夏に、背後の林明が大きく息を呑む。武炎もまた、目を瞠っていた。

「……なるほど。つまり、林明は武炎の命で、密偵として動いていたということですか？」

朱夏の大法螺《おおぼら》にすぐに乗ってくれたのは、意外にも燕麗帝だった。

唖然とする一同をよそに、朱夏はすぐさま頷いて話を続ける。

「そうなんです！　すべては武炎が陛下の御代を安定させるために、林明様に頼んだことです。そうだよな、武炎？」

「……ああ」

朱夏に水を向けられた武炎が、一度瞬きして頷く。朱夏に視線で感謝の意を伝えてから、武炎ははっきりと言った。

「朱夏の言う通りです。林明は俺の指示で動いていただけです」

「っ、待ちなさい、武炎！　あなた、一体なにを言って……！」

ようやく我に返った林明が、慌てて燕麗帝に訴える。

「陛下、違います！　私は自らの意思で、反旗を翻したのです。どうか厳しいご処分を……！」

「……困りましたね。林明はこう言っていますが、どうなのですか、武炎？」

いかにも困惑しきりといった表情で、燕麗帝が武炎に問いかける。武炎は拱手すると、厳かな声で改めて告げた。

「林明は、私に責が及ばぬよう偽りを申しているだけです。彼は私の竹馬の友。彼は常に私のため、そして陛下のために最善を尽くしてきました。今回の一件も、彼の献身によるもの。天地神明に誓って、林明は私を裏切ってはいません」

「……っ」

きっぱりと言いきった武炎に、林明が黙り込む。

さすがの彼も、武炎の言葉を否定することはできないのだろう。――すべて、事実なのだから。

二人を見つめて、燕麗帝が微笑む。

「どうやら私の息子は、よい友を持ったようですね。……そして、よい侍従も」

にこ、と朱夏に視線を送って、燕麗帝が宣言する。

「林明は無罪とします。捕らえた宦官たちは個々に詮議を行い、適切な罰を与えます。それでよいですね、武炎」

「寛大なご処置、感謝致します」

「ありがとうございます、陛下！」

武炎に続いてお礼を言った朱夏にふわりと微笑んで、燕麗帝が踵を返す。

ジャベールたちと共に去るその背を見送って、林明が呻いた。

「せっかくの私の計画を、水の泡にしましたね……」

「助けた奴に恨み言を言われるのは初めてだな」

苦笑した武炎が、林明に手を差し出す。悔しげにその手に掴まって立ち上がった林明が、朱夏に向き直って告げた。

「覚えていて下さい。この借りはきっちり返しますからね」

キッと目を見開いて言う林明に、朱夏は苦笑しつつ返す。

「林明様、ちゃんと目を開けたら男前って、本当だったんですね」

「台詞は悪役そのものだけどな」

茶化した武炎に、林明が唸る。

「……本当に、私の人生で一番意味のある大誤算ですよ、あなたたちは」

天を仰いだ林明が、はあ、とため息をつく。

どちらともなく繋いだ手をぎゅっと握りしめて、朱夏と武炎はこっそり笑みを交わしたのだった。


朱夏の詮議は、三日かけて行われた。

問われたのは主に、後宮に来る前の盗みについてだ。

「あなたが盗みに入るにあたって見ていたという、貴族の邸宅の設計図ですが」

三日目の今日、最終的な詮議を執り行う広間に通された朱夏の前に現れたのは、役人ではなく燕麗帝だった。

「調査させたところ、そのようなものはどこにも存在していませんでした」

「……え⁉」

数段高い壇上にある玉座に座った燕麗帝の口から出た言葉に、朱夏は耳を疑う。

「存在していないって、そんなわけ……！」

「よって朱夏、あなたは証拠不充分で無罪とします」

「待って下さい、陛下！　私は確かに……」

この二日間、朱夏は自分の犯してきた罪についてすべて洗いざらい役人に話していた。きっと死罪になるだろう、それでも自分は今までの罪を償わなくてはならない、そう思って。

それなのに、覚悟していた死どころか無罪だなんて、あまりにも都合がよすぎる。

慌てた朱夏だったが、燕麗帝はおもむろに立ち上がると、設えられている階段を下りつつ書記官たちに告げる。

「もう記録の必要はありません。下がりなさい」

拱手した書記官たちが、急ぎ足で広間を出ていく。呆気に取られていた朱夏の前に立った燕麗帝が、苦笑して告げた。

「ここから先は私の想像ですが、おそらく設計図はあなたのご両親が焼き捨てたのでしょうね」

「……っ、義父さんと義母さんが……?」

「お二人は認めませんでしたが。……ああ、お二人は武炎が保護していますよ。ねえ、武炎?」

燕麗帝が呼びかけたのは、垂れ幕が下がった広間の一角だった。まさか、と朱夏が目を瞠る中、ゆらりと揺れた垂れ幕の陰から、決まり悪そうに武炎が姿を現す。

「……いつからお気づきに?」

「あなたは昔から隠れんぼが下手でしたから」

どうやら武炎は燕麗帝には告げず、秘密裏に広間に忍び込んでいたらしい。くすくすと笑った燕麗帝に頭を掻いた武炎が、こちらに歩み寄りながら言う。

「さっき陛下が仰った通りだ。お前の両親は俺が保護してた。もう危険もなくなったから、家に送り届けてるがな」

「じゃあ、二人とも無事なんだ……！　ありがとう、武炎」

詮議の間、ずっと二人のことが心配だった朱夏は、ようやくほっと安堵する。いや、と頭を振って、武炎が話を切り出した。

「最初に会った時に、お前が普通の下働きとは違うと思ったって話をしただろう？　あの時にもう、お前の身辺について調べさせてた」

「……そうなんだ」

　悪いな、と謝る武炎だが、彼の立場を思えばそれは当然のことだ。朱夏は首を横に振って問いかけた。

「じゃあ、オレの正体は始めから知ってたの？」

「はっきり知ったのは、翠月のところに行った時だ。俺はあの時、翠月にお前のことを調べるよう指示してた。それで義賊の話が出たってことは、お前がその義賊だって翠月が調べ上げたってことだ」

「あの時の話って、そういう意味だったんだ……。あ、じゃあ、その後してた月の話ってもしかして……」

　あの時、どうにも気になっていた翠月の言葉を思い出す。

　まだ昼間なのに、翠月は足元に気をつけるよう言っていた。月は夜道を照らしてくれるが、それが進むべき道とは限らない、と。

　あの忠告めいた言葉はもしかして、と気づいた朱夏に、武炎が頷く。

「ああ、林明のことだ。もっともそれも、林明がわざと流した情報だったようだがな。……林明がなにか企んでると俺が確信したのは、お前が刺客に襲われた時だった」

「え……、そうなの？」

　意外な言葉に、朱夏は驚く。ああ、と頷いて武炎が打ち明けた。

「あの時、あの刺客は俺を見るなり、正室に用はないって言ってただろ。それで確信した。ただ単に今の宮廷の転覆を狙ってるだけなら、陛下だけじゃなく俺も暗殺の対象に含まれるはずだ。まだ兵も駆けつけてないあの時は俺を殺す絶好の機会だったのに、あの刺客はそうしなかった。……俺を皇帝にしようとしている誰かが差し向けた刺客だってことだ」

声を強ばらせた武炎に続けて、燕麗帝が告げる。

「決定打は、取り調べをした林明が、郭夫人に繋がる証拠を持ってきたことでした。本当に郭夫人の放った刺客なら、武炎も襲われているはずですからね」

つまり二人はあの時すでに、林明の企みに気づいていたらしい。その上で林明の芝居に乗っていたのだ――。

「……全然分かりませんでした」

自分など、すっかり林明の言葉を信じてジャベールを疑ってしまった。唸った朱夏に、燕麗帝が苦笑して言う。

「宮廷暮らしが長いと、ああいった腹の探り合いばかり得手になってしまうものです」

あまり褒められたことではありませんけれどね、と穏やかに言う燕麗帝に頷いて、武炎が再び口を開く。

「……林明は、自主的に謹慎を申し出てきた」

燕麗帝からは無罪を言い渡されたが、どうしてもそれでは気が済まないと譲らなかったらしい。林明は、朱夏のいない間にすでに自分の屋敷に引き揚げたとのことだった。

「俺に帝位を継がせたいのも本心だし、朱夏に盗みを命じたのも事実だ。あの刺客を差し向けたのも、所持品に指輪を忍ばせたのも自分だし、ジャベールへ疑いの目が向くように仕向けもした。だから自分はまったくの無罪とは言えない、だとさ。一年は引きこもるつもりらしい」

「彼なりのけじめなのでしょう。本人がそう言うのだから、待つしかありませんよ」

微笑む燕麗帝に、武炎がはい、と頷く。

（……一年、か）

短いようで長いその月日を、林明は一人でどう過ごすつもりだろう。少し心配だな、と思った朱夏に、武炎が苦笑して言う。

「よかったら今度、顔を見に行ってやってくれ。俺は門前払いだろうが、お前とならあいつも会う気になると思う」

「……うん」

武炎の言葉に、朱夏は頷いた。

本当に会ってくれるかどうかは分からないが、林明とはゆっくり話をしたい。

訪ねるだけ訪ねてみよう、と思った朱夏に、武炎が思い出したように言う。

「ああそれから、落ち着いたら翠月のとこにも行ってやってくれ。あいつも朱夏に謝りたいって言ってたからな」

「翠月さんが？　謝るって、なんで……」

自分は彼女になにかされた覚えはないが、と首を傾げた朱夏に、武炎がふっと笑みを零す。

「お前の両親を保護するよう勧めてきたのは、翠月だ。あの時、お前が両親に届けてほしいって預けた手紙をすぐ読んでな。実は、あの時お前が俺のところに持って帰ってきた返事に、全部書かれてた」

「……翠月さぁん……」

信じて預けた手紙を読まれていたなんて思ってもみなかったが、彼女は武炎のために情報を集めるのが仕事でもある。

結果的に養父母を護ってもらえたし一概には責められないけれど、と呻く朱夏に、武炎が詫びる。

「悪いな、朱夏。なにかあったらそう対応するよう、俺が前々から指示してたんだ。それに、翠月もお前のことが心配だったんだと思う。解決したら必ず直接謝らせてほしいと何度も念押しされてるから、会いに行ってやってくれ」

「……うん」

多少恨みがましい気持ちもあるが、彼女のことを悪くは思えない。朱夏が肩をすくめて頷くと、燕麗帝が穏やかに付け加えた。

「でも、彼女はあなたとの約束もちゃんと果たしたようですよ。だからこそ、手紙を読んだご両親は設計図を焼き捨てたのでしょう。もしあなたが捕らわれても、証拠などないと言い逃れられるようにね」

「…………」

大工にとって、建築した建物の設計図は後世に伝えていく宝だ。そんな大切なものを、自分のせいで失わせてしまった。

(ごめん……、ごめん、義父さん。義母さんも、ごめん)

心の中で謝った朱夏に、燕麗帝が苦笑交じりに告げる。

「正直、そのような誤魔化し程度、追及すればすぐに暴けますし、彼らを故意に証拠を焼失させた罪にも問えますが……」

「……っ」

「ですが、私も人の親です。なにをしてでも子を護りたいというその気持ちは、痛いほど分かります」

やわらかく目を細めて武炎を見つめた燕麗帝は、静かに続けた。

「あなたが何故そのような行動に及んだかは、翠月の調べで見当がついています。病気の孤児たちにはすでに医師を派遣し、助成金の手続きを取りました」

「あ……、ありがとうございます……!」

驚きながらも感謝した朱夏に、燕麗帝が微笑んで続ける。

「勝手ながら、ご両親にもお話ししました。お二人はあなたの罪を認めませんでしたが、もしあなたが人様から盗みを働くことがあったとしたら、きっとそういう理由があると思う、と仰っていました。よいご両親に恵まれましたね」

「……っ、はい……！」

燕麗帝の言葉に、朱夏は幾度も頷いた。俯き、込み上げてくる熱いものを必死に堪える朱夏を見つめて、燕麗帝が言う。

「私は一国の主として、あなたを責めることはできません。あなたが盗みに入らざるを得なかったそもそもの原因は、私の為政者としての力が足りなかったせいですから」

申し訳ありません、と目を伏せる燕麗帝に、朱夏は慌ててしまった。

「そんな……！　陛下のせいじゃないです！　もっと他に違うやり方が、正しいやり方がちゃんとあったはずなのに、オレがそれに気づかなかったから……！」

「でも、今は気づいたんだろう？」

低い声と共に、武炎が朱夏の肩に手を回してくる。背の高い彼を見上げて、朱夏は逡巡の末、頷いた。

「……うん。だからオレ、ちゃんと罪を償わないと……」

「ではそれは、武炎の元で力を尽くすことで償っていって下さい」

穏やかに微笑んだ燕麗帝が、じっと朱夏を見つめて言う。

そのまっすぐな眼差しは、今朱夏の隣に立つ彼女の息子そっくりだった。

「人は時に過ちを犯します。ですが、それを悔い改める心も持っている。あなたは充分自分の罪に向き合い、苦しんだ。だからこそ、これからは武炎の元で私を支えて下さい。あなたなら、どうすればこの国がよりよくなるか、その答えを見つけられるはず。武炎と共に旅立つその時まで、私に忠誠を尽くして下さい。それがあなたに科す償いです」

「陛下……。……はい」

しっかりと燕麗帝を見つめ返して、朱夏は拱手して頷いた。

本当にいいんだろうかと、躊躇いはある。

燕麗帝の計らいはあまりにも寛大で、自分のしてきた罪の重さを思えば、申し訳なさを感じずにはいられない。

だが、自分はもう、生き方を変えると決めたのだ。ならば、その決意を活かせる機会が与えられたことに感謝し、今度こそ正しいやり方でこの国の役に立ちたい。

――武炎の、そばで。

「あなたが息子になってくれて嬉しく思いますよ、朱夏。武炎はどうも可愛げがなくて」

悪戯っぽく笑った燕麗帝を、武炎が苦笑交じりに咎める。

「私の可愛げはさておき、いささか気が早くはありませんか、母上」

「おや、兵は拙速《せっそく》を尊ぶと言うでしょう？」

「またそうやって血の気の多いことを……」

ぼやいた武炎に目を細めた燕麗帝が、それでは、と侍女たちと共に去っていく。

その背を見送ってから、朱夏は武炎に向き直った。

「……武炎。陛下はああ言ってくれたけど、武炎は許してくれる？」

そもそも、自分は最初から武炎を利用するつもりだった。

玉璽を盗むために近づいて、勝手に好きになって、そして離れると決めていたのに彼の気持ちに応えた。

そんな自分が、本当に武炎のそばにいていいんだろうか――。

「オレ……、……っ！」

俯きかけた朱夏は、唐突にふにに、と頬をつままれて息を呑む。驚いて顔を上げると、狙いすましたように屈んだ武炎に唇を啄まれた。

「許すも許さないもない。だって俺は、全部知っててお前を好きになったんだからな」

ふにふにと朱夏の頬を愛でながら、武炎が優しく目を細めて告げる。

「俺はな、朱夏。自分の過ちにまっすぐ向き合って、大事なものを護るために苦しんで、それでも進むべき道を諦めないお前が好きなんだ。もっと簡単で楽な方法があっても、それが間違いだと知ったからには決して選ばない。どんなにつらくても、乗り越える強さを持ってる。俺が知ってるお前は、最初からそういう人間だ。俺はそういうお前の全部が好きなんだ」

「……褒めすぎだよ」

自分はそんなに立派な人間じゃない。でも、武炎の目にそう映っているのなら、嬉しいと思う。

照れて視線を泳がせた朱夏に、武炎が微笑む。もう一度身を屈め、今度は鼻先に小さくくちづけを落とした後、武炎はふっと表情を改めた。

じっと朱夏の目を見つめて、告げる。

「……お前に許してもらわなきゃならないのは、むしろ俺の方だ。それこそ俺は、全部知ってて黙ってたんだ。お前が板挟みになって苦しんでるのを知ってて、大丈夫だって言ってやれなかった」

「でもそれは、林明様をとめるためだろ？」

問いかけた朱夏に、武炎が驚いたように目を見開く。そうだろうと思ったと笑って、朱夏は言った。

「林明様がなにをしようとしているか、どうしてそうしようとしているか知って、武炎がなにもしないわけない。表に出る前になんとかしようとしてたからこそ、オレに言えなかった。だよな？」

「……ああ」

「だったら、謝ることなんてなにもない。それに、武炎はオレにちゃんと、味方だって言ってくれた」

刺客に襲われたあの夜、武炎はなにがあっても味方だと言ってくれた。それだけは忘れないでくれ、と。

すべてを知っているとは伝えられなくても、彼ができる限りの言葉を自分にくれたことは、朱夏にだって分かる。

朱夏はニッと笑うと、今度は自分から武炎に手を伸ばした。その頬を両手で包んで、まっすぐ目を見て告げる。

「オレも、約束するよ。この先なにがあっても、オレは武炎の味方だ。だってオレも、武炎の全部が好きだから」

武炎が自分を好きになってくれたように、というと少しおこがましい気もするけれど、それが嘘偽らざる自分の気持ちだ。

「好きだよ、武炎。周りの人のこと大事にしてるとこも、陛下やこの国のために一生懸命なとこも、いつもまっすぐ前を向いてるとこも」

この人に恥じない自分でありたいし、この人が好きになってくれた自分のままでいたい。

ずっと、この人と一緒にいたい――。

朱夏はむにっと武炎の頬を引っ張ると、歪んだ男前に吹き出しながら、その唇にちょんとくちづけた。

「ふは……っ、あはは、す、好きだよ、武炎」

「……爆笑しながら言うか？」

「だ、だって武炎、すごい変な顔……！」

堪えきれずゲラゲラ笑い出した朱夏に、武炎がその目を好戦的に光らせる。

「言ったな、この……！」

「うひゃっ、やめっ、ふ……っ、あはは……！」

脇腹をくすぐられてますます笑い転げつつ、朱夏はぎゅっと武炎の首筋にしがみついた。

――ずっと、自分がなにをしようと変わらないと諦めて生きてきた。

自分の境遇も、世の中も、どうしようもない。だから、手っ取り早い方法でそれなりに幸せに生きられればいい。そう、思っていた。

でも、今は違う。

それなりの幸せなんかじゃ嫌だし、自分のできることでこの国をよくしたい。

――武炎と、一緒に。

「……好きだぞ、朱夏」

「ん、オレも」

ニカッと笑った朱夏の頬を、武炎がやわらかくふにふにとつまんで笑う。

落ちてくるくちづけを、朱夏はくすくす笑いながら受けとめた――。


三日ぶりに武炎の部屋を訪れた朱夏を、見張りの兵たちは軽く目を瞠った後、拱手して迎え入れてくれた。

「お帰りをお待ちしておりました」

「お帰りなさいませ、朱夏様」

微笑みを浮かべて労をねぎらってくれる彼らに、朱夏はなんだか胸が熱くなってしまう。

「……うん。ただいま。またよろしくお願いします」

「こちらこそ。武炎様、我々はあちらにて控えておりますので」

朱夏の肩を抱いた武炎にそう告げて、部屋の前から少し離れた廊下へと移動する。

あまりにもできた気遣いに、朱夏は隣に立つ恋人を見上げて目を眇めた。

「……武炎、なんか言っただろ」

「まあいいだろ、別に。やましいことしてるわけじゃなし」

「そうだけどさ……」

確かに悪いことをしているわけではないが、それでも夜に恋仲の相手と一緒の部屋で過ごすなんて、おおっぴらに他人に知られたいわけでもない。

(まあ、武炎の立場なら常に護衛がいるのが普通だし、仕方ないけど……)

複雑な思いに少しふてくされつつ部屋の中に入った朱夏は、しかしそこでふと目に入った光景に大きく目を見開いた。

「……っ、あれ……!」

部屋の中央、いつも武炎が執務の時に使ってている文机の上に、書簡が置いてあったのだ。

その書簡は、見覚えのありすぎる紐――、つい最近まで朱夏の髪を結んでいた紐で、括られていて――。

「よ……、読んだ……？」

あの書簡を紛れ込ませた山は、まだ締め切りまで数日あったはずだ。どうしてこれだけ避けられているのかと、おそるおそる聞いた朱夏に、武炎がニッと悪戯っぽく笑う。

「おう、ばっちり」

「うわあ……」

予想通りといえば予想通りな答えに、朱夏は頭を抱えてしまった。顔を真っ赤にした朱夏に、武炎がカラカラと笑う。

「お前の髪紐に気づかないわけないだろ。あの朝、すぐに気づいて読んだぞ」

「うー……」

あの時は必死だったけれど、すべてが終わった今となっては、あんなに切羽詰まった手紙を残してしまったことが恥ずかしい。しかも、すぐに気づかれないよう小細工までして。

唸るな唸るな、と笑う武炎を見上げて、朱夏は無理を承知で頼んでみた。

「あの、忘れてくれない？　特にその、最後の方とか」

たくさん重ねた謝罪はあまりにも身勝手で、今となっては心苦しい。

できればなかったことにしてほしいと頼んだ朱夏に、武炎は微笑んで言った。

「……まだ墨が乾いてなかったんだろうな。擦れて読めなかったから安心しろ」

「……ありがと」

優しい嘘にお礼を言った朱夏のこめかみに、武炎が身を屈めてくちづけを落とす。じっと朱夏を見つめて、武炎はそっと確認してきた。

「いずれ俺と旅に出てくれるって約束、あれは有効でいいよな？」

「……オレがそれまで武炎に愛想尽かしてなければね」

「お、言うじゃねえか」

ニヤッと笑った武炎が、ひょいっと朱夏を抱き上げる。真正面から抱きしめる格好で寝室へと運ばれて、朱夏は慌てて武炎の腕をパシパシ叩いた。

「ちょ……っ、武炎、まだ夕方……っ」

「ああ、朝までたっぷり時間が取れるな？」

「朝まで⁉」

顔を赤くして焦った朱夏を寝台に降ろして、武炎が自分の衣をバサバサ脱ぎつつ言う。

「当たり前だ。なにせ、初めてだからって手加減してやったら、ああだったからな。愛想尽かされないためにも今夜は抱き潰してやるから、覚悟しろよ」

「いやもうあんなことしないし、さっきのだって冗談……、っ！」

慌てて前言撤回しようとした朱夏の唇を、武炎が奪う。唇ごと食べられそうな勢いで甘く歯を立てられ、きつく舌を吸われて、朱夏はあっという間に体に火が灯ってしまった。

「ん……、んん、は……、武炎……」

「……あの朝、目が覚めてお前の手紙を読んだ時」

こつんと額を合わせて、武炎が目を閉じる。

「目の前が真っ暗になった。このままお前を失ってしまうかもしれないと思ったら、生きた心地がしなかった」

ぐっと強く瞼を閉ざしたまま、武炎が必死に感情を押し殺した声で続ける。

「もう二度とあんなことしないでくれ。……俺から離れないでくれ」

「……うん、もうしない。ごめん。ごめんな、武炎」

なによりも謝らなければならないのはそのことだったのだと気づいて、朱夏は武炎の顔を両手で包み込むと、懸命にくちづけを贈った。

「もう離れたりしない。ずっと一緒にいるよ。約束する」

「……ん」

繰り返しくちづけながら告げた朱夏に、ようやく武炎の表情がやわらぐ。開けられた目はまだ少し寂しげな影が残っていたけれど、いつもの優しい、澄んだ眼差しだった。

「愛してる、朱夏」

「……うん。へへ、オレも」

照れ笑いを浮かべた朱夏にふっと微笑んだ武炎が、ん、とくちづけてくる。やわらかく朱夏の唇を吸った後、武炎はいいか、と一言断って朱夏の衣に手をかけてきた。

脱がせやすいように背を浮かせるべく武炎の首元にしがみついた朱夏は、自分がぶら下がっても平然としている恋人にちょっとムッとする。気づいた武炎が、不思議そうな顔で聞いてきた。

「ん、なんだ、朱夏。そんな顔して」

「……別に」

むー、と唇を曲げたまま答えて、朱夏はじっと目の前の恋人を見つめた。

（オレ、武炎みたいになりたい）

体格だけでなく、武炎は心も強くて大きくて、ついいつも頼ってしまう。

けれど、一方的に与えてもらうばかりの関係にはなりたくない。

今はまだ助けてもらってばかりだけれど、いずれは自分も支えられるように、頼ってもらえるようになりたい。一歩先を歩くその背に、早く追いつきたい――。

（まだまだだけど、な！）

わざとぐっと力を入れてもびくともしない恋人に、腹立つなあと笑って、朱夏は武炎の唇に嚙みついた。がぶがぶと色気のないやり方でくちづけ未満の愛情表現をする朱夏に、武炎がくっくっとおかしそうに笑う。

「お前、ほんといちいち可愛いことするよなあ」

獣かと笑った武炎が、なだめるように朱夏の尖った犬歯を舐める。そのままくちづけを深くされて、朱夏は濡れた熱い舌の気持ちよさに少し悔しさを覚えつつも溺れていった。

「ん……、ん、んう」

舌を搦め捕られながら、隔てるもののなくなった背筋をするりと撫でられる。思わずぴくんと肩を震わせて反応した朱夏の舌を強く吸って、武炎は胸元に手を移動させた。ぷつりと尖った乳首を親指の腹でくりくりと転がしながら、腰を寄せてふっと笑みを零す。

「……この間より反応早いな」

芯を持ち始めた武炎のそれで、もうすっかり形を変えてしまっている花茎をなぞられて、朱夏はカアッと顔を赤くしてむくれる。

「う、うるさいな。武炎とくっついてるだけで気持ちいいんだから、しょうがないだろ。そう言う武炎のだってもう……、も、う、うわ、うわあ」

自分だって反応し始めているだろうと指摘してやろうとしたのに、言葉の途中でもっとすごいことになって、たじろいでしまう。瞬く間に張りつめた雄茎をすりすりと朱夏に擦りつけながら、武炎が濡れた吐息を零した。

「……俺も、お前に触れてるだけで気持ちがいい」

「武炎……、ん……っ」

「朱夏、欲しい。お前が欲しい、朱夏」

欲情に目を潤ませた武炎が、繰り返しくちづけながら囁いてくる。

熱い息を乱しつつ、言葉を飾る余裕もなく押し殺した声で自分を求め、幾度も唇を押し当ててくる恋人に、朱夏はたまらずしがみついた。腰を浮かせ、じゅわりと甘く濡れた体の芯を自分から擦りつける。

「武炎、オレも……っ、オレも欲しい……！」

このまま果ててしまいたいくらい気持ちがよくて、それなのにもっと深い場所をこの熱で溶かしてほしくて、もどかしい。自分と同じ熱さが嬉しくて、でももっと熱くなってほしくて、焦れったくてたまらない。

早く、早くこの人が欲しい。

この人の全部を、自分のものにしたい――。

「……朱夏」

は、と息を切らせた武炎が、甘く目を細めて寝台脇の机から香油を取り出す。促されるより早く足を開いた朱夏に嬉しそうな笑みを零して、武炎はぬるりと濡れた指でそこを撫でてきた。

ひくつく襞をくすぐるようにあやされて、朱夏はすぐ、込み上げる疼きを堪えきれなくなってしまう。

「ん……っ、あ、んんっ、武炎、早く……っ」

「ん、すぐやるから、そんなに急かすな」

俺だって早く欲しいんだから、となだめるようにくちづけた武炎が、指先に力を込める。

くぷん、と音を立てて沈み込んできた指に、朱夏は反射的に息を詰めて身を強ばらせた。

「っ……！」

「……ゆっくり、な」

焦んなくていいからなと囁いた武炎が、指はそのままに唇を重ね合わせる。

幾度も角度を変えて啄まれながら強ばった舌を搦め捕られ、たっぷり時間をかけてくすぐられ、吸われ、やわらかく嚙まれて、朱夏は身も心もとろとろに蕩けてしまった。

「んう……、ん、んんん……」

「……っ、朱夏」

甘い声を漏らし始めた朱夏に、武炎が声を掠れさせる。熱い吐息を零した武炎は、朱夏の首筋にくちづけながらゆっくりと指を動かし始めた。

「ん、ん……、あ、んん」

くちゅくちゅと浅い場所を掻き混ぜても朱夏が

痛がらないことを確認してから、武炎が一度指を引き抜いて香油を足す。すぐに戻ってきた指先は、先ほどより深い場所へと潜り込んでいた。

「んっ、んん……っ、そこ……っ」

「ん……、ここだな？」

身を屈めた武炎が、胸の尖りにちゅうっと吸いつきながら朱夏の弱い場所を押し撫でる。ゆっくりと円を描くように優しくそこをくすぐられて、朱夏は息を乱しながら武炎に問いかけた。

「あ、あ……っ、武炎、そこ、なんで……？」

「ん？」

「なんで、気持ちいいの、知って……？」

思えば最初の時、武炎は男がそこで快感を得られることを知っていた。

そんな知識どこから、と疑問に思った朱夏に、武炎が苦笑して種明かしする。

「……妓楼の女たちってのは、お節介でな。俺が朱夏を連れていった後、男同士の指南書だのなんだのを送りつけてきたんだよ」

「え……」

「おまけに、礼は宝鈿玉釵《ほうでんぎょくさい》でいいときやがった」

ちゃっかりしてるよなあ、とぼやく武炎に、朱夏は目を瞠った。

「じゃあ、あの時オレが届けた釵って……」

「……まあそういうことだ」

苦笑した武炎が、ぺろりと朱夏の乳首を舐め上げる。んっと息を詰めた朱夏に目を細めて、武炎は思いついたように呟いた。

「そうだ、せっかくだからあれもやってみるか」

「あれ？」

首を傾げた朱夏にニヤッと笑って、武炎が下に移動する。途中、窪んだ臍《へそ》に一つくちづけを落として、武炎は朱夏の足の間に身を屈めた。

「えっ、ちょ……っ、武炎、っ！」

「……ん」

まさか、と慌てた朱夏が身を起こした途端、武炎が朱夏のそれをぱくりと咥《くわ》え込む。しとどに濡れた快感の塊をぬるりとやわらかな粘膜に包み込まれて、朱夏はぎゅうっと爪先を丸めて敷き布をたぐり寄せた。

「な、にして……っ、あっだめっ、駄目……っ！」

なんてことをするのかと混乱する朱夏をよそに、武炎が口腔深く咥え込んだそれをきゅうっと吸う。びりびりと走る甘い快感に、朱夏は慌てて武炎の頭へと手を伸ばした。

だが、髪を引っ張ってやめさせるより早く、敏感な裏筋を舌で舐め上げられて、かくんと力が抜けてしまう。

「は……っ、あ、あ……っ、んんんっ」

先端の割れ目をくりくりと舌先で舐めくすぐった武炎が、朱夏の中に喰ませていたままだった指を一度引き抜く。

揃えた二本の指でゆっくりと中を探られながら、もう片方の手で根元を擦られ、とめどなく溢れる花蜜をちゅるりと啜り上げられて、朱夏はたまらず甘い悲鳴を上げて武炎の髪を掻き混ぜた。

「ひぁっ、あっあっあ……っ、ぶ、え……っ、武炎……！」

「……あーもう、たまんねえなあ」

顔を上げて朱夏の顔を見つめながら、武炎が低く呟く。獲物を前に舌なめずりする獣みたいな目をする武炎に、朱夏は潤んだ目を眇めて必死に文句を言った。

「オ……っ、オヤジくさいこと、言う、なあっ、あっ！」

だが、快感に震える手でぎゅーっと髪を引っ張った途端、狙いすましたように性器の裏側の凝りをぐりぐりと押し上げられる。二本の指先で挟むようにしてこりこりとそこを弄られて、朱夏は意地悪な仕返しに懸命に悪態をついた。

「あ、ぅんっ、んんっ、あっ、あっ、バカ……っ、武炎のバカぁ……っ！」

「ったく、可愛いことばっかしやがって」

くっくっと低く笑った武炎が、再び朱夏の砲身を深く咥え込む。

びくびく震える若茎をなだめるように舌で愛撫しながら、武炎は朱夏の隘路を中から優しく押し開いた。ひくつく隘路がねだるまま、もう一本指を増やして奥まで押し込む。

「あ、あ……っ、あ……！」

「ん……、ちゃんと奥も準備しないと、な？」

ここも、ここも、後でたくさん可愛がってやる。そう囁かれながら、香油にぬめる指先で疼く粘膜のあちこちをくすぐられ、押し広げられる。期待に震える奥の襞をねっとりと掻き混ぜられ、くちゅくちゅと揃えた指を抜き差ししてどこもかしこもたっぷりと可愛がられて、朱夏は意地悪で優しい、いやらしい恋人の指をきゅううっと締めつけた。

「ぶ、え……っ、武炎……っ、あ、あ……！」

指だけでもこんなに気持ちがいいのに、指よりもっと太い、逞しい熱で、今触れられているそこに同じことをされてしまったら一体どうなってしまうのか。想像するだけで目眩がするのに、想像せずにはいられなくて、武炎にくちづけられている花茎がまた淫らに濡れてしまう。

とろとろと滴り落ちる淫蜜をぬるりと舐め上げて、武炎がすっかりやわらいだそこからゆっくり指を引き抜く。身を起こした彼が、残りの香油を手のひらに垂らそうとしているのを見て、朱夏は掠れる声で言った。

「武炎、それ……。オレが、する」

「……ん」

嬉しそうに頷いた武炎が、朱夏の手に香油を垂らす。零さないよう注意しながら、朱夏は両手で武炎の雄茎を包み込んだ。

「……っ、おっき……」

反り返る屹立は、先ほど自分のそれに押しつけられた時よりも大きくて熱い。

香油だけではないぬめりが嬉しくて、もっと感じてほしくて、ついぬちゅぬちゅと両手でそれを扱き立てた朱夏に、武炎がハ……、と熱い息を零した。

「こら、朱夏。それ以上すんな」

うっかり出るだろ、とこの前の朱夏の言葉をなぞってニヤッと笑った武炎が、近くにあった布で朱夏の手を拭いてくれる。ついでに自分の手も拭いた武炎は、ころりと朱夏を寝台に転がして両膝を押し広げた。

蕩けた花蕾に朱夏が濡らした雄蘂《ゆうずい》をあてがい、ぎゅっと手を繋いで微笑みかけてくる。

「一緒に悦くなろうな」

「……うん！」

照れ交じりの笑みを浮かべて、朱夏は武炎の手を握り返した。

ぐぷん、とゆっくり潜り込んできた灼熱を、深くなるくちづけと共に受け入れていく。

「ん、んん……、は、あ、んん……っ」

「ん……、痛く、ないな？　朱夏……っ」

艶っぽく掠れた声で問いかけられて、朱夏は夢中で頷いた。

「な、い……っ、気持ち、い……っ、あっんんっ、んぅん！」

感じるままに答えた途端、まだ途中までしか挿入っていない雄がびくりと脈打ち、その体積を増やす。みちみちだった隘路を中から押し開かれ、まざまざと武炎の形を感じさせられて、朱夏はぎゅうっと繋いだ手を握りしめた。

「や……っ、広がっちゃ……っ」

「……っ、お前な……」

ひくりと喉を震わせた武炎が、ぐっと眇めた目を獰猛に光らせる。あ、と思った時にはもう、上から体重をかけてずぷんっと全部を押し込まれていた。

「ひっ、あ、あっあ……！」

「っ、可愛すぎだろうが……！」

「やっ、激し……っ、あっあっんんん！」

朱夏を寝台に押しつけた武炎が、ぐっぐっと腰を押しつけてくる。先ほど指でされたよりずっと深い場所に濃厚なくちづけをされながら唇を奪われて、朱夏は無我夢中で空いている手で武炎にしがみついた。

「武炎……っ、あんっ、あっ、お、く……っ、奥、熱い……っ」

「……っ、もっとだ、朱夏。もっと、熱くしてやる……！」

「ん——……っ！」

唸った武炎が、朱夏の舌をきつく吸いながら花茎を扱き立てる。とろとろになった奥を太茎に暴かれながら蜜まみれの熱芯を擦り立てられて、朱夏はあっという間にわけが分からなくなってしまった。

「はっ、あ……っ、あっ、あああっ、んっんっ、んんん……！」

淫らにまき散らされる熱い吐息ごと唇を食べられながら、男の手で開かれた隘路を滾った欲望で思うさま愛される。びくびくと脈打つ熱茎で余すところなく全部可愛がられ、彼のものにされて、嬉しくて、気持ちよくてたまらない。

熱い肌が、唇が、強く握りしめてくる手が、自分だけを見つめる目が、全部が好きで、好きで。

「武炎……っ、あっ、んんっ、武炎っ、も……っ」

「……っ、ああ、俺も……っ」

その時を欲しがってきゅうきゅうと絡みつく蜜路に息を詰めた武炎が、低い声を掠れさせてきつく目を眇める。

今にも弾けそうな熱を互いに擦り立て、包み込み、愛し合いながら、二人は同じ高みへと一気に駆け上がった。

「武炎……っ、あっあっあっ、あ……！」

「っ、く、う……！」

びゅっと武炎の手の中で朱夏が弾けると同時に、朱夏の奥で武炎が熱蜜を放つ。びゅるっ、びゅうっと最奥を灼熱が打つ度、朱夏は甘い吐息を零して身悶えた。

「は、あ……、あ、んん……っ」

「……っ、は……、朱夏」

ぐ、ぐっと腰を押し込んでより深くへと熱情を注ぎ込んだ武炎が、無防備な朱夏の唇を啄む。

そのまま舌を搦め捕られ、やんわりと噛んだり吸われたりして心地よさにぼうっと身を委ねていた朱夏だったが、そこでふと、武炎の腰がいつまでも小さく円を描き続けていることに気づいた。

「ん……、武炎……？　ん、んん……っ」

戸惑いの声を上げた朱夏は、達したはずなのにまるで勢いを失っていない雄茎で深くを突かれて、まさかと目を瞠った。

「……朝までって言っただろ？」

「い……、いやいやいやいや、ちょっと待……っ、あっ！」

ニッと笑った武炎に、朱夏は慌てて身を起こそうとするが、――時すでに遅し。

「あっ、武炎っ、駄目……っ、んあっ、あああっ」

素早く朱夏を押さえ込んだ武炎が、蕩けきった隘路に再び腰を送り込んでくる。

強制的に灯された快楽に抗えず溺れながらも、朱夏は覆い被さってきた男の髪をぎゅうっと引っ張り、バカ、と甘く詰ってその唇に噛みついたのだった。

――一年後。

朝からそわそわおろおろと執務室の中を歩き回り続けている恋人に、朱夏は書簡を整理する手をとめて呆れた目を向けた。大熊猫か。

「ぶーえーん。ちょっと落ち着きなよ。座ったら？」

「……ああ」

しかめ面で頷いた武炎が、どっかりとその場に腰を下ろす。しかし、しばらく腕を組んでうんうん唸りながら体を揺らしていた彼は、いくらもしないうちにすっくと立ち上がった。

「やっぱ駄目だ！」

「もー」

「これが落ち着いてられるか！」

くわっと目を剝《む》いて叫んだ武炎が、また大熊猫化する。

やれやれとため息をついて、朱夏は武炎の腕を両手で摑んで促した。

「じっとしてらんないなら、四阿で鍛錬でもしてたら？」

無心で青龍刀を振れば、少しは気持ちも落ち着くのではなかろうか。そう思って武炎の手を引っ張った朱夏だったが、そこで一緒に書簡を整理していた雷雷が口を挟んでくる。

「あー、だったら朱夏も一緒に休憩してこいよ。お前もさっきからずっと同じ書簡の山整理し続けてるだろ」

「……気づいてた？」

目聡い親友は、実は朱夏も上の空だったことにとっくに気づいていたらしい。分からいでか、とやっぱり呆れた目を向けてくる雷雷に、朱夏は口を尖らせた。

「雷雷こそ、よく落ち着いてられるな」

「オレらが気を揉んで、どうなるもんでもないだろ」

てきぱきと資料を棚に戻しつつ、雷雷が肩をすくめて言う。

「それに、あの陛下だぞ。大丈夫に決まってるだろ」

「……それはそう」

これ以上ないほど説得力のある言葉に朱夏がこっくり頷いた、その時だった。

ズダダダッとものすごい足音を立てて、廊下の向こうから誰かが駆けてくる。お待ち下さい、と慌てる兵たちの声がしたかと思った途端、バッと扉が開く。

「……産まれたぞ！」

息を切らせながら叫んだのは、ジャベールだった。

「女の子だ！」

満面の笑みで告げたジャベールに、武炎が詰め寄る。

「陛下は⁉」

「もちろんご無事だ！」

当たり前だろうとジャベールが頷いた途端、武炎の肩からほっと力が抜けるのを見て、朱夏は微笑んだ。

「よかったね、武炎」

「ああ。……そうか、女の子か」

そうか、と何度も武炎が頷く。噛みしめるようなその横顔を見て、朱夏も本当によかったとほっと安堵の息を零した。

——あれからほどなくして、燕麗帝はジャベールの子を懐妊した。どうやらジャベールは、連日燕麗帝の元に通い詰め、思いの丈を伝え続けたらしい。

ほとんど根負けでしたね、と苦笑しながら懐妊したことを伝えてくれた燕麗帝だったが、元々ジャベールの人となりは信頼していたようだし、あれだけ一途に想われて悪い気はしなかったのだろう。ジャベールや武炎に助けられつつ、臨月まで政務をこなしていた燕麗帝は、朱夏の目から見てもとても幸せそうだった。

（陛下のことだから、きっとすぐに公務に復帰なさるんだろうなあ……）

内心苦笑した朱夏をよそに、ジャベールがうきうきと部屋を出ようとする。

「他の皆にも、早速伝えてこなくてはな！　ああそうだ、武炎殿。陛下から、姫の命名の儀に際して玉璽が必要だとご伝言があった。いったん陛下の元にお届けに上がるから、今預かってもいいだろうか」

「ああ、分かった」

頷いた武炎に、朱夏は驚いて目を瞬く。

「玉璽って……！　えっ、まさか武炎が保管してたの⁉」

「ああ。陛下の正室としてな」

ニッと悪戯っぽく笑った武炎が、文机に歩み寄る。

懐から細い鍵を取り出した武炎は、その鍵で机の引き出しを開け、中から小箱を取り出した。古ぼけた、なんの変哲もないその小箱を引っくり返し、底についている小さなつまみを左右に捻《ひね》ったり、引っ張ったりし出す。

「この箱の開け方を知ってるのは、陛下と俺だけでな。普通に開けてもただ護符が出てくるだけだが、こうすると……」

「……あ！」

カチリと音を立てた小箱の側面を、武炎がスッと指で滑らせる。すると箱の側面がパカリと開き、中から紫の小さな袋が転がり出てきた。

小箱を置いた武炎が、袋の口を開けて中身を取り出す。それは、空を駆ける精緻な黄金の龍が載った、――玉璽だった。

「……こんな近くにあったなんて……」

「定期的に場所は変えてるけどな」

玉璽を確認した武炎が、再び小箱にしまう。パチンと隠し蓋を閉じた武炎は、それをジャベールに預けて言った。

「陛下に、心からお祝い申し上げると伝えてくれ。お目通りが叶うようになったら、すぐに参りますと」

「ああ、分かった。そうだ武炎殿、よかったら私のことは今後、是非お義父さんと……」

「やなこった」

ジャベールに皆まで言わせず、武炎がしかめ面で雷雷を呼ぶ。

「雷雷、ジャベールの警護を頼む」

「はいはい、玉璽の警護ですね」

「そうとも言う」

重々しく頷いた武炎に、雷雷が了解です、とニヤニヤ笑いながら拱手する。

その隣で、ちっともめげないジャベールが高らかに笑って宣言した。

「武炎殿がお嫌でも、私があなたの義父であることは事実だからな！」

「あー、分かった分かった」

武炎に適当にあしらわれても、今日ばかりは構わないのだろう。るんるんと空でも飛びそうな足取りで雷雷と共に去っていくジャベールを見送って、朱夏は苦笑した。

「ジャベール様、いいお父さんになりそうだね」

「当たり前だろ。なんたって、俺の母が選んだ男だからな」

「でも、武炎自身のお義父さんだって認めるつもりは……」

「ない」

きっぱり言った武炎に朱夏が吹き出したその時、部屋の扉が再び開く。なにか言い忘れたことでもあってジャベールが戻ってきたのだろうかと振り返って、朱夏はパッと顔を輝かせた。

「林明様！」

そこには、この一年間自宅で謹慎していた林明の姿があったのだ。

「……林明」

驚いたように目を丸くする武炎に、林明が素っ気なく言う。

「朱夏くんに、そろそろ蓮が見頃だから見に来てはと誘われたんです」

「この宮の蓮は、鳳凰宮で一番見応えがありますからね！」

いつだったか林明が言っていた台詞をなぞった朱夏に、林明がええ、と細い目を更に細める。

この一年、朱夏は幾度も林明の屋敷を訪ね、二人きりでゆっくり話をしてきた。

武炎の予想通り、林明は武炎が訪ねていっても会おうとしなかったが、それは合わせる顔がないと自分を責めていたからだ。

だが、一年間自身のしたことにしっかり向き合った林明は、自責の念もだいぶ落ち着いた様子だった。そのため、朱夏は先日彼を訪ねた際に、そろそろ蓮を見に来てはと誘ったのだ。昨年、龍船節の前に宮廷を去った林明は、武炎の宮の蓮を見ることが叶わなかった。楽しみにしていた蓮を見に来ることで、彼が職務に復帰するきっかけになったらいいと、そう思ったのだ。

「……少し、お邪魔しても？」

だが、さすがの林明も、一年ぶりに武炎と話すのは緊張するらしい。やや強ばった表情で問いかけた林明に、武炎もぎこちない声で答える。

「ああ。……ゆっくりしていけ」

ええ、と頷いた林明が四阿へ向かう。朱夏は不器用な大人二人にちょっと呆れてしまった。

「……オレお茶淹れてくる」

「ま……っ、待て朱夏、二人にするな！」

「えー、むしろ二人で話した方がいいと思うけど」

半目になった朱夏に、武炎が拝むように手を合わせて小声で言う。

「なに話していいか分かんないんだよ。な、頼むから一緒にいてくれ」

「もー、しょうがないなあ」

肩をすくめて、朱夏はふっと林明のいる四阿を見やった。

——四阿の外には、今日も美しい風景が広がっていた。

水面には今を盛りと蓮が咲き誇り、その上では枝垂れ柳がゆったりと揺れている。

木々の間を飛び交う小鳥の囀りと共に、どこからともなく聞こえてくる管弦の音。高い空にたなびく青雲。

つい一年前は圧倒されるばかりだったそれらも、もう随分と馴染み深い光景になった。

(しばらく見られないだろうから、目に焼き付けておかないと)

朱夏は近々、燕麗帝の名代で隣国に赴く武炎の供をすることになっている。朱夏にとっては初めての国外で、これから先こういった機会はどんどん増えていくだろう。

きっと、武炎が夢を叶えてこの国を旅立つ日も近い——。

じっと外を見つめる朱夏に、武炎が声をかけてくる。

「朱夏」

伸びてきた優しい手にふにふにと頬をつままれて、朱夏はもう、と苦笑した。

「武炎はほんと、ほっぺた好きだよね」

「ちょっと違うな」

ニッと笑った武炎が、ちょんと朱夏の唇を盗んで言う。

「お前の頬だから、好きなんだ」

「……はいはい」

不意打ちに顔を赤くしつつ、朱夏は武炎をあしらった。

——たとえどこであっても、自分の居場所はもう、決まっている。

武炎の隣が、自分の居場所だ。

（この先、なにがあっても）

心の中で改めて誓って、武炎を見上げる。

「行こう、武炎！」

「ああ」

ニッと笑みを浮かべた二人は、手を取り合って歩き出した。

共に紡いでいく、未来に向かって。

あとがき

こんにちは、櫛野《くしの》ゆいです。この度はお手に取って下さり、ありがとうございます。中華後宮ロマネスク、いかがでしたでしょうか？

今回は最初から沖《おき》先生に挿し絵をお願いできると決まっていたため、なにを描いていただこうかワクワクしながらお話を作らせていただきました。特に受けの朱夏《しゅか》は、沖先生に描いていただくなら絶対にこういうキャラ、と決め打ちで書いた子です。おかげでとてもまっすぐで気持ちのいい子になってくれたかな。武炎《ぶえん》も兄貴肌で面倒見がよく、裏表のない人なので、似た者同士ですね。ほっぺもちもちしながら仲良く過ごして下さい。

今回は脇役も大きな変化がありました。一番大きく変わったのはジャベールで、実は彼は最初ジャベールという名でも、異国人でも、あそこまで愉快な性格でもありませんでした。沖先生からキャララフをいただいた際に、あっこの子はジャベールだ、と私の中で名前や設定が変わってしまい、登場シーンを全部書き直しました。おかげでとてもいいキャラになり、変更してよかったなとつくづく思っています。

もう一人、実は林明《りんめい》も大幅に変更のあったキャラです。彼は最初は本当に悪役でしたが、お話を書き進めるうちにどうしても納得がいかず、あの形に落ち着きました。強かな燕麗帝や雷電 翠月など個性的なキャラ揃いでしたが、お気に入りのキャラがいたら是非お聞かせ下さい。

さて、駆け足ですがお礼を。挿し絵をご担当下さった沖先生、この度は本当にありがとうございました。早い段階からラフをいただいたおかげでとてもキャラが鮮明になりましたし、物語の新しい側面に随所で気づくことができました。表紙も口絵も細部に至るまで素敵で、今回のタイトルも沖先生からいただいた表紙のラフを見ながら考えさせていただきました。

物語を華やかに盛りあげて下さり、本当にありがとうございました。

ジャベールや林明の変更など、とても前向きに受けとめて下さった担当様も、ありがとうございます。沖先生からラフなどをいただく度、毎回長文で感想を送りつけてしまってすみませんでした。

最後までお読み下さった方も、ありがとうございました。一時でも楽しんでいただけたら幸いです。よろしければ是非ご感想もお聞かせ下さい。

それではまた、お目にかかれますように。

櫛野ゆい　拝

CROSS NOVELS既刊好評発売中

主上のお望みのままに

汪国後宮の身代わり妃

釘宮つかさ　Illust 石田恵美

「どうぞお好きなだけ見て触ってください」

気高く美しい翠蓮は、嫁げば必ず短命に終わるという婚姻から従兄を救うため、身代わりに非情と噂の汪国新皇帝・哉嵐の後宮に輿入れした。

けれど霊獣を操る哉嵐に偽物だと見破られ、哉嵐に宿る黒龍の飢えを満たすため彼に抱かれる事で許しを得る。

噂とは違い寛大で優しい哉嵐に夜ごと愛され、広い後宮でたった一人の妃として寵愛を一身に受けて幸せな日々を送るうち、翠蓮は強く哉嵐に惹かれていき……!?

身代わりから始まる汪国後宮溺愛譚、開幕!

CROSS NOVELSをお買い上げいただき
ありがとうございます。
この本を読んだご意見・ご感想をお寄せください。
〒110-8625
東京都台東区東上野2-8-7　笠倉出版社
CROSS NOVELS 編集部
「櫛野ゆい先生」係／「沖 麻実也先生」係

CROSS NOVELS

後宮炎恋伝
～鳳凰と偽りの侍従～

著者
櫛野ゆい

2023年2月23日　初版発行　検印廃止

発行者　笠倉伸夫
発行所　株式会社 笠倉出版社
〒110-8625　東京都台東区東上野2-8-7　笠倉ビル
[営業]TEL　0120-984-164
FAX　03-4355-1109
[編集]TEL　03-4355-1103
FAX　03-5846-3493
http://www.kasakura.co.jp/
振替口座　00130-9-75686
印刷　株式会社 光邦
装丁　Asanomi Graphic
ISBN 978-4-7730-6368-4
Printed in Japan